AF300566

Born to fly

A. Tupolewa
Bastian J. Kurz

DIE EISPIRATEN

Aufmarsch der Freaks

Science Fiction Dystopia

Bibliografische Information der Deutschen Nationalbibliothek:
Die Deutsche Nationalbibliothek verzeichnet diese
Publikation in der Deutschen Nationalbibliografie, detail-
lierte bibliografische Daten sind im Internet über
dnb.dnb.de abrufbar.

TWENTYSIX
Eine Marke der Books on Demand GmbH

Herstellung und Verlag:
BoD – Books on Demand, Norderstedt

ISBN: 9783740713324

Dann verebbte das Rauschen und Heulen, das der Sonnensturm durch reaktive Rückkopplungen durch die Hülle des Raumschiffes sandte, auf einmal, als die Jinlong in den Mondschatten eintauchte. Stille breitete sich aus und nur noch das Atmen der Taikonauten war zu hören. Ein goldener Moment der Ruhe, den keiner zu unterbrechen wagte. Irgendwann in der Stille, entschied sich Wu Chins Raumanzug dann dazu, wieder hochzufahren. Ein frischer Wind voller Sauerstoff trocknete ihre schweißnasse Stirn und sie atmete befreit auf, als sie realisierte, dass sie jetzt erst einmal doch nicht ersticken würde. Dann als die Jinlong wieder aus dem Mondschatten auftauchte, war der Sonnensturm vorbei. Yang Mulan feuerte die Manövrierdüsen und stoppte die Drehung der Jinlong. Wu Chin schnallte sich los und trieb langsam gegen die Wand, bevor sie sich abstieß und in Richtung der Rauchquelle schwebte. Die automatischen Feuerlöschsysteme hatten den Brand erstickt und eine große Wolke Schaum und Halon schwebte über der mit Ruß verzierten Konsole. Chins Interkom produzierte nur statisches Rauschen, als sie sich Mulan zuwandte und sie ansprach. Sie drückte ihren Raumhelm gegen den von Mulan und schrie laut. So sollte ihre Kameradin etwas verstehen können.

„Gut", schrie Wu Chin. „Der Schaden scheint nicht all zu groß zu sein. Wir werden jedoch einen Luftaustausch vornehmen müssen, bevor wir aus den Raumanzügen raus können."

„Das ist ja kein Problem", meldete sich der neben ihnen schwebende Dr. Sun Li zu Wort. Der Mediziner und Umwelttechniker aktivierte einen Atmosphären-

austausch bevor die Crew sich daran machte die ent-
standenen Schäden zu reparieren.

„Puh, das war knapp", bemerkte Wu Chin irgendwann
während der Reparaturarbeiten, als sie an einer Konsole stand und die elektrischen Systeme des Reaktors
überprüfte. „Da hat die letzte Sicherung gehalten,
bevor die Speicherbänke in Gänze in die Luft geflogen wären."

„Ach du Scheiße!", bemerkte Fang Bo, die neben ihr
stand.

„Jop. Das war mehr als knapp", korrigierte sich Wu
Chin.

„Ziel ist es, unser Wasser für so viel Asche wie möglich zu verkaufen, ohne dass es die Regierung mitbekommt. Ich hab keinen Bock auf Rationierungen, und
deshalb ändern wir das jetzt. Wir werden nie wieder
durstig sein, wenn wir hier fertig sind", erzählte Baba
Young. „Das ist der Grund, warum ich die Happy
Lady hier gechartert habe und aufgebrochen bin, um
das Wasser zu holen."

Kapitän Young schwang mal wieder große Reden.
Der Mann hörte sich gerne selbst und sonnte sich in
der Bewunderung der anwesenden Mannschaftsmit-
glieder und Passagiere. Wenn man das Konglomerat
von Wasserprospektoren, Glücksrittern und Kopfgeld-
jägern denn so nennen wollte.

„Aber wird Wasserentziehung nicht mit dem Tod oder
Freiheitsstrafe nicht unter zwanzig Jahren bestraft?",
erkundigte sich Billy Noel Joel.

„Tja, wir werden unsere Investition schützen müssen.
Unsere Lieferketten müssen wasserdicht abgeschirmt
sein. Wir lassen uns nicht tot rationieren."

„Yay“, machte Billy und hob die Arme. Ihre wohlgeformten Brüste zogen die Aufmerksamkeit ihres Gegenübers auf sich. Billy kicherte und wandte sich dann um, um über das Deck des Schiffes an die Reling zu wandern. Der Sammler, die Happy Lady, war seit einigen Wochen auf See Richtung Antarktiseis unterwegs. Das umgebaute Frachtschiff konnte einige tausend metrische Tonnen des begehrten Guts lagern und verkaufte das daraus gewonnene Frischwasser teuer auf den Schwarzmärkten von NRA und VSE. Gejagt von allen Seiten, gelang es Kapitän Young durch eine Mischung aus Raffinesse, Korruption und Protektorat unter dem Radar zu fahren und dabei eine Menge Profit zu generieren. Da sich die NRA und die VSE auf die Eispiraten genannte anarchistisch-militante Gruppe konzentrierten, nur von Vorteil für ihn. Der Wasserprospektor, wie er sich selbst gerne nannte, schob edle Gesinnung vor, war jedoch im Grunde ein ganz normaler Krimineller, der mit der Not anderer sein Auskommen hatte. Andere nannten ihn Wasserdieb, eine Bezeichnung, die den Kapitän bis aufs Blut reizte.

Billy schnaubte verächtlich. Sie verdingte sich ihren Lebensunterhalt in der NRA mit der Kopfgeldjagd. In ärmlichen Verhältnissen durstig aufgewachsen, gelang es ihr, mit List und Tücke und dem Einsatz ihrer weiblichen Fähigkeiten, sowohl als kleinkriminelle Jugendliche als auch später als Kopfgeldjägerin einigermaßen erfolgreich zu sein. Was nicht bedeutete, dass sie ein Softie gewesen wäre. Billy war knallhart und erbarmungslos in ihrem Streben nach dem nächsten großen Fang.

Sie hatte sich sofort umgeschaut, als sie von dem

Kopfgeld auf eine selbstbewusste KI hörte und
schließlich einen Helikopterflug zur Happy Lady gechartert. Mit dieser hoffte sie, in die Antarktis zu gelangen und sich dort vor allen anderen diese Skyla zu
schnappen. Die Gerüchteküche brodelte und es wurden Meldungen immer größerer Massaker herumer-
zählt. Selbst wenn man neunzig Prozent davon als
Übertreibung wegstrich, blieb immer noch eine Menge Tod und Zerstörung übrig.
Nun bald würde sie jedenfalls ankommen und dann
blieb abzuwarten, was ihr Dirty Jack an Transport-
möglichkeiten beschafft haben konnte. Sie wandte
sich um und ging unter Deck. Es wurde langsam kalt.

Eine Menge Sonderlinge und Freaks hatten sich in der
neuen Station, Serpent Rock wurde sie genannt, in der
Nähe von Cosacks Labor versammelt, nachdem sie
die mehrwöchige Reise geschafft hatten. Kaum war
die Kopfgeldbekanntmachung draußen gewesen, hatten sie sich mit sämtlichen auftreibbaren Seelenver-
käufern auf den Weg gemacht und kamen fast zeitgleich mit Tuckers Soldaten an. Darunter befand sich
Don Dundey, der Boss der berüchtigten, australischen
Bikergang Headbashers, der mit seiner gesamten
Bande inklusive ihren Feuerstühlen, die sie schnee-
tauglich ausgestattet hatten, angereist war. Sie waren
im Drogen- und Wasserschmuggel involviert und
suchten nach Möglichkeiten, ihren Einflussbereich zu
erweitern. Sie tranken stets große Mengen Bier und
hatten zudem ihre hübschesten Prostituierten mitge-
bracht, um die sich bald auch andere Männer scharten.
Da gab es Miguel, ein verrückter Brasilianer, der stets
eine Totenschädelmaske trug und am ganzen Körper

tätowiert war. Aufgewachsen in den Favelas um Rio, kannte er nichts anderes als Mord und Gewalt. Er war hier, weil er sich wie viele andere auch von dem Kopfgeld ein besseres Leben erhoffte. Völlig durchgeknallt, lachte er manchmal grundlos los, redete mit seiner Doomhammer-Pistole, die mit angefeilten Patronen geladen war und benutzte Waffenöl als After Shave.

Achmed the Butcher war ein iranischer, muskelbepackter Wrestler, der seine Kontrahenten im Ring gerne mit Rasierklingen oder Gabeln traktierte. Er wollte noch mehr Ruhm erlangen und was bot sich da besser an, als das gesuchte Ziel eigenhändig gefangen zu nehmen?

Haruka, eine japanische Karatekämpferin mit silbrig gefärbten Haaren und Befürworterin des Walfangs, gehörte ebenso zu den Glücksrittern. Sie verlor ihren Bruder durch eine von Skylas Attacken auf Walfangschiffe und suchte vor allem Rache. Bewaffnet war sie mit einer langen Handharpune, die sie stets bei sich trug und dieser verdammten Skyla in ihre Eingeweide zu rammen trachtete. Daneben besaß sie auch ein Katana.

Dann gab es da noch Kane, einen stiernackigen, südafrikanischen Großwildjäger. Früher für die Elefanten- und Nashornjagd bekannt, verlor er nach deren Aussterben seine Lebensgrundlage als Wilderer und hoffte, dass sein Wissen hier ebenfalls von Nutzen sein würde. „Zeit, dass ich mal wieder eine Trophäe bekomme", war der Gedankengang in seinem Schneckenhirn.

Die kanadische Oldtimersammlerin Shirley Lightoller befand sich ebenfalls an Bord. Sie war nicht wegen des Geldes oder persönlicher Geschichten hier, sondern weil ihr zu Ohren kam, dass es sich bei dem Jagdobjekt um ein altes, russisches Flugzeug vom Typ Tu-154 handeln sollte, welches sie unbedingt in ihrer Kollektion haben wollte. Sie hielt sich dezent im Hintergrund, ließ die grölende Meute in ihrer Vorfreude feiern und wartete ab. Sie wanderte im Lager herum und hielt die Ohren auf. Dann wurde ihr bewusst, dass nicht weit von ihr der Verrückte mit der Totenschädelmaske stand.

Miguel hatte die Pistole in der Hand und sprach offensichtlich mit ihr.

„Hey Doomhammer, wollen wir etwas abballern?", fragte er die Waffe und gab auch gleich die Antwort darauf, diesmal mit verstellter Stimme.

„Nein. Wir sollten ein Haus bauen und eine Familie gründen."

„Du bist ein lahmes Schießeisen", fügte er hinzu, wieder mit seiner richtigen Stimme.

Skyla und King Raptor amüsierten sich prächtig am wolkenlosen Himmel, wie fast jeden Tag in den zurückliegenden Wochen und flogen um die Wette, wobei die Tupolew gut mit dem Kampfjet mithalten konnte.

„Du bist ganz schön schnell geworden", meinte dieser anerkennend.

Skyla lachte auf. „Ja, die neuen Triebwerke sind echt super und das Geilste ist, sie klingen wie die alten. Was gibt es Schöneres, als richtig Krawall damit zu machen und Fluglärm-Pussys aus den Betten zu scheuchen?"

Sie ahnten nicht, dass man sie diesmal bereits auf dem

Schirm hatte.

General Malcolm Tucker betrachtete mit Argusaugen den Radarmonitor, auf dem schon bald ein großer, grüner Punkt erschien, gefolgt von einem winzig kleinen Punkt. Er nahm sein bi-elektro-digitales Fernglas und spähte in die Richtung. Nicht lange, da er blickte er Skyla in voller Größe.

„Eine Tu-154? Da ist sie ja endlich. Und dieses Mal nicht nur auf dem Radar“, frohlockte er und sein Puls stieg in gefährliche Höhen. „Das muss Skyla sein.“ Die neue Lackierung täuschte ihn nicht. Von diesem Muster existierten weltweit kaum noch eine Handvoll, es konnte sich also nur um Skyla handeln. Welches Flugzeug dieses Typus sollte sonst in der Antarktis herumfliegen?

Verwundert war er allerdings über den Jet, der sie begleitete. Hatte er dem kleinen Radarecho früher keine Bedeutung beigemessen, erkannte er diesmal den gelben Schriftzug, als er den schnittigen Flieger in Augenschein nahm.

„King Raptor? Das gibts doch nicht.“ Er hatte wie viele andere auch angenommen, dass der Kampfflieger zerstört worden war. Ihn jetzt so derart vertraut mit der Tupolew zu sehen, verärgerte ihn und er wollte schon eine Fahnenflucht des Piloten annehmen. Dann aber erinnerte sich an die Fähigkeiten, die man Skyla nachsagte. Sie sollte jegliche Form von KI übernehmen können.

Sollte er versuchen, King Raptor zurückzuerobern? Immerhin war er teuer genug und vielleicht sprang dabei noch mehr Kopfgeld heraus. Andererseits war der Luftjäger sehr gefährlich und konnte ihre Mission gefährden. Besser war es also, ihn abzuschießen.

„Flugabwehr? Feuert auf die F-22! Ich wiederhole,
nur auf den Raptor!"
Die Schützen an der Patriot-Batterie bestätigten den
Befehl, mussten allerdings warten, bis King Raptor
nicht mehr so nahe an Skyla flog, um diese nicht ver-
sehentlich zu treffen. Schließlich sollte sie lebend
gefangen genommen werden.
Einer jedoch konnte sich nicht mehr zurückhalten und
löste seine Geschütze aus. Etwa acht Raketen rasten
auf Skyla und King Raptor zu.
„Wir werden angegriffen!", schrie die Tupolew und
aktivierte ihren Täuschkörperwerfer, während ihr
Kumpan seine Laserabwehr nutzte. Alle Raketen
konnten so ausgeschaltet werden, der Schreck war
jedoch groß.
„Schnell, zurück zu Docs Station!", rief Skyla und
flog eine enge Kurve, um zu wenden. King Raptor
jedoch wollte den Angreifern noch einen Denkzettel
verpassen.
„Denen werd ich es geben!", rief er und flog auf die
Boden-Luft-Raketenbatterien zu.
„Warte, tu das nicht, das könnte eine Falle sein!",
warnte die Tupolew, doch es war zu spät. Ihr Freund
ging in einen Sinkflug über und nahm die Gegner aufs
Korn.

Tucker hatte gerade den Schützen am Kragen gepackt.
„Wenn Sie hier noch einmal eigenmächtig handeln,
versetze ich Sie zum Latrinenputzen! Ich habe diese
Falle gestellt und Sie werden sie mir nicht kaputtma-
chen."

„Sir, schauen Sie…“, schnaufte der Gescholtene. „Der Raptor…“

Der General ließ den Kerl runter und hob die Hand. „Jetzt! Feuer frei!“

Mehrere volle Salven von Patriot-SA5-Raketen zischten King Raptor entgegen. Mittels gekonnter Flugmanöver wich er einigen aus, andere wehrte er mit seinen Defensivsystemen ab. Dann war er an der Reihe zurückzuschlagen und eine Breitseite modernster Raketen raste auf die Patriot-Stellungen zu. Tucker konnte sich noch schnell in den Graben in Sicherheit bringen, dennoch erwischte es mindestens ein Dutzend Soldaten, die durch die Druckwellen der thermobarischen Sprengköpfe wie geplatzte Gummipuppen durch die Gegend geschleudert wurden.

Das Schrapnell und die Trümmer rasierten durch die Soldaten wie ein rotglühend heißes Messer durch weiche Butter. Doch die restlichen Soldaten waren kampferprobt und gaben nicht auf.

Immer mehr Raketen wurden auf King Raptor abgeschossen. Dann geschah es. Ein Geschoss kam durch und zerfetzte sein rechtes Triebwerk und Teile der Ruder. Er schrie auf und geriet ins Trudeln. Skyla folgte ihm und versuchte, ihm irgendwie zu helfen.

„Versuch dich gerade zu halten“, rief sie ihm zu und flog dicht unter ihn drunter, um ihn huckepack zu nehmen, wie es früher einmal Boeing 747 mit Space Shuttles taten. Skyla war sich sicher, diese Aktion ebenfalls zu schaffen, doch dazu durfte ihr Freund nicht zu stark wackeln.

„Fahr deine Räder aus und setz dich auf meinen Rücken“, wies sie ihn an. Sein Gewicht dürfte sie gerade so tragen können.

General Tucker ließ das Feuer einstellen und beobachtete das Ganze. Er wusste nicht, was er davon halten sollte. Es sah aus, als wollte die Tupolew den Kampfjet irgendwie davor bewahren, abzustürzen. Empfand sie etwa Mitgefühl für ihn?
Falls ja, brachte es ihn auf eine brillante Idee.
„Sollte der Raptor notlanden, dann zerstört ihn nicht, sondern nehmt ihn in Gewahrsam", wies er seine Leute an und blickte wieder nach oben. Immer noch versuchte King Raptor, auf Skylas Rücken Halt zu finden. Plötzlich rutschte er ab und stürzte abwärts.

„Ich versuche eine Notlandung", keuchte er. „Flieg du schnell zurück und bring dich in Sicherheit. Vielleicht könnt ihr mir später helfen."
Mit Müh und Not gelang es ihm, heil aufzukommen und auszurollen. Schon stürmten die ersten Soldaten aus den gepanzerten Geländewagen auf ihn zu, die er mit seiner Bordwaffe attackierte. Ein gezielter Schuss aus einem großkalibrigen Gewehr ließ seine Abwehr alsbald verstummen und ehe er es sich versah, war er von Kämpfern mit allerlei schweren Waffen umzingelt. Ein Seil wurde an seinem Bugrad befestigt, damit er nicht abhauen konnte.
General Tucker trat mit einer Flüstertüte vor. „Skyla, kannst du mich hören? Ergib dich, oder wir machen Coladosen aus deinem Kumpel hier!"
Schmerzen hatte King Raptor trotz der immensen Schäden keine, aber er fühlte zum ersten Mal in seinem Leben so etwas wie ein Unbehagen. Er war weder imstande zu fliehen, noch zu kämpfen, und anders als Skyla konnte er mit seinem mickrigen Fahrwerk auch kaum jemanden plattfahren.

Jetzt standen eine Menge Leute um ihn herum und richteten ihre Waffen auf ihn. Sollte es jetzt schon vorbei sein? Nie wieder fliegen und umhertollen zu können? Und wie würde Skyla reagieren? Holte sie ihn hier raus und lief dabei Gefahr, selbst gefangen zu werden? Das schien jedenfalls das Ziel dieser Leute zu sein. King Raptors künstliche Synapsen liefen unter Volllast auf der Suche nach einer Lösung für seine Lage.

General Tucker verlieh seiner Forderung dann noch etwas mehr Nachdruck. Auf seinen Wink hin richteten zwei Soldaten ihre Pistolen auf den Kampfjet und feuerten in seine Seitenleitwerke. King Raptor schrie auf, fast so etwas wie Angst verspürend.

„Hörst du das, Skyla?", brüllte Tucker. „Komm runter oder er ist bald ein Sieb."

Die Tupolew befand sich in einer Zwickmühle. Es widerstrebte ihr, King Raptor in den Händen der Feinde zurückzulassen, den ersten Flugzeugfreund, den sie seit langem hatte. Sie dachte an mehrere ihrer Schwestern, deren Abschlachtung sie nicht verhindern konnte und dieses Schuldbewusstsein nagte sehr an ihr. Ihn zu retten bedeutete aber andererseits, sich selbst auszuliefern. Aber vielleicht musste es gar nicht erst soweit kommen. Sie dachte an ihre neuen Triebwerke. Skyla flog noch eine Schleife und setzte dann zum Landeanflug an, dabei beobachtete sie aufmerksam den Boden. Die ausgelegten, im Schnee versteckten Schlingen entgingen ihr jedoch. Als ihr rechtes Hauptfahrwerk aufsetzte, geriet sie in eine davon, die sich sofort fest um ihr Bein zog und sie hart abbremste. Im nächsten Moment rannte eine wahre Horde der verschiedenartigsten Gestalten auf sie zu, von denen die meisten dicke Taue in den Händen hielten. Gleichzeitig fuhren mehrere Panzerwagen heran, ihre getarnten, unter Eis und Schnee versteckten Stellplätze verlassend.

„Los, keilt sie ein!", rief General Tucker den Leuten zu. Zwischen zweien der Panzerfahrzeuge war ein Fischernetz gespannt.

Skyla war klar, dass sie in eine Falle geraten war. Doch Aufgeben kam für sie nicht in Frage. Sie drehte sich seitwärts und zerriss einen Teil des Netzes mit ihren Flügelspitzen. Dann jedoch liefen elektrische Impulse durch das Netz und Skyla schrie vor Schmerzen.

Gleichzeitig achtete niemand mehr auf King Raptor, der sich losreißen konnte und davonrollte. Er eierte und war kaum noch zu klaren Analysen fähig, dennoch war er von dem einen Ziel besessen, zu starten, zu Dr. Cosack zu fliegen und Hilfe zu holen.

Er gab Schub auf sein verbliebenes Triebwerk und erreichte trotz der massiven Schäden genug Geschwindigkeit. Sein Fahrwerk nahm auf dem rauen Untergrund Schaden und er musste sämtliche Leitwerke und den Düsenstrahl des Triebwerks ausrichten und innerhalb von Millisekunden justieren und kontrollieren, um sich einigermaßen in der Luft halten zu können. Es gelang ihm, wenn auch nur unter größten Mühen und er legte die zweihundert Kilometer zur Basis zurück. Sein Funksystem hatte schwere Schäden davongetragen, sodass er erst auf den letzten Kilometern Kontakt zu Dr. Cosack aufnehmen konnte.

„Hier ist Cosack. Was gibt's?"

„Dr. Cosack", rief King Raptor, „Skyla ist gefangen genommen worden! Wir müssen sofort los und ihr helfen! Ich bin schwer beschädigt, ich kann kaum noch fliegen. Ich versuche eine Landung, aber es kann sein, dass ich das nicht überstehe. Skyla ist in dem Lager der NRA, nicht ganz zweihundert Kilometer von hier. Retten Sie sie!"
Der F-22 K26 ging tiefer, nachdem er seine Nachricht übermittelt hatte. Er setzte zur Landung an und stand fast schräg in der Luft, um das ausgefallene Triebwerk zu kompensieren, und kam hart auf dem Untergrund auf. Das Fahrwerk wurde bei dem harten Aufprall auf dem Boden abgerissen und King Raptor schlitterte über Eis und Felsen. Diverse Hindernisse rissen ihm Teile des Bauches auf und auch der rechte Flügel bekam noch etwas ab. Mit knapper Not überstand der Kampfflieger die Landung.
King Raptor kam zur Ruhe und blieb malträtiert und beschädigt liegen. Doch schon nach kurzer Zeit öffnete sich in der Nähe ein Schacht und ein paar Reparaturmechs kamen mit dem Aufzug hochgefahren. Sie eilten heran, packten King Raptor und hoben ihn hoch. Dann schafften sie ihn in die Basis und direkt in den Reparaturhangar, in welchem Dr. Cosack aufgeregt wartete.
„King Raptor", fing er an, „Was ist passiert? Erzähl es mir genau."
„Wir wurden mit Raketen beschossen und ich musste nach einem Treffer notlanden. Dann haben die Truppen der NRA mich als Geisel genommen und Skyla

erpresst zu landen. Sie ist jetzt dort gefangen. Wir müssen ihr unbedingt helfen!"

„Verdammte Scheiße!", schrie Dr. Cosack und sackte zusammen. In seinem Kopf arbeitete es. Der schlimmste Fall, den er stets verhindern wollte, war eingetreten.

Er wandte sich zu den Reparaturmechs um. „Ihr repariert King Raptor, so gut und schnell wie möglich." Danach aktivierte er sein Interkom, während er schnellen Schrittes den Hangar verließ. Seine Stimme wurde von dem Kommunikationssystem innerhalb der Basis übertragen und war in jedem Raum zu hören, zusammen mit einem roten Alarm. Komodo saß auf de, Bett und trainierte die Beweglichkeit seines neuen Cyberarms, als er die Worte des Doktors vernahm.

„Achtung! Notfall! Skyla wurde gefangengenommen. Alle sofort in die Kantine."

„Fuck!", fluchte der Österreicher und sprang aus dem Bett. Rasch zog er sich an und verließ zusammen mit Silas die Krankenstation.

„Wie konnte das passieren?", erkundigte sich sein Neffe bei ihm.

„Ich habe keine Ahnung. Aber wenn ich rausfinde, dass einer unserer „Gäste" etwas damit zu tun hat, dann mach ich denjenigen kalt. Und zwar schnell und schmerzhaft." Er ließ die Klinge aus seinem Cyberarm schnellen und blickte grimmig darauf, während sie durch die Basis eilten.

„Es war bestimmt Rasmus. Der Type trau ich keinen Zentimeter über den Weg!", stellte Silas klar. Er zog die USP 2.4 aus der Tasche, die er seitdem er sie an sich genommen hatte, nicht mehr aus seiner Nähe ließ und lud sie durch. Dann entsicherte er die Pistole.

„So, jetzt können wir sie uns schnappen, Komodo!",
knirschte er grimmig mit den Zähnen.
„Das ist mein Junge", sagte Komodo voller Stolz.
Sie erreichten die Kantine und trafen dort auf Kira
und Hagelstolz, die an einem Tisch saßen und offensichtlich gerade gegessen hatten.
„Wo ist Rasmus?", fragte Silas voller Zorn.
„Ähm, ich habe ihn schon seit einiger Zeit nicht mehr
gesehen", antwortete Kira verdutzt. Ihr war die Waffe
in Silas Hand nicht entgangen.
„Was ist denn los?", erkundigte sich Hagelstolz ruhig,
die Hände flach auf den Tisch gelegt. Das Letzte, was
er jetzt gebrauchen konnte, waren überkochende Emotionen, weil jemand eine unbedachte Bewegung seinerseits als Angriff interpretierte. Nicht, solange Kira
in der Schusslinie war.
„Das würde ich auch gerne wissen", erklang die
Stimme von Siebeck hinter Komodo und Silas. „Wie
kann es sein, dass Skyla gefangengenommen wurde?"
Der Gefreite der Spezialtruppen setzte sich neben Kira
auf die Bank, ganz bewusst zwischen Komodo und
Silas und der jungen Frau. Er zwinkerte Hagelstolz zu
und wandte sich dann wieder an die beiden Eispiraten.
„Und was machen wir jetzt?"
„Wir befreien sie natürlich!", rief Silas und schüttelte
den Kopf über Siebecks Begriffsstutzigkeit.
„Das wird leider nicht so einfach", erklärte Dr.
Cosack und betrat ebenfalls die Kantine. „Ich habe
mich in einen Satelliten der VSE gehackt und habe
mir die Lage vor Ort angesehen. Skyla wurde in Ketten gelegt und wird gerade auf ein Frachtschiff verla-
den. Und um sie herum stehen tausende Mann der
NRA-Armee. Die Gefahr, dass Skyla bei einer Hau-

ruck-Aktion draufgeht, ist zu groß.“

„Wir haben doch Snow und Ice Mech. Und wir haben die Robo Master, verdammt!“, fluchte Silas. „Damit könnten wir es zumindest versuchen!“

„Es ist zu gefährlich.“ Dr. Cosack zuckte hilflos mit den Schultern. „Wir sind einfach zu wenige. Außerdem hat es seinen Grund, dass wir bisher Guerillataktiken angewandt haben. Die asymmetrische Kriegsführung, der sogenannte kleine Krieg, ist die einzige Möglichkeit, um eine derart starke, zahlenmäßige Überlegenheit auszugleichen. Darf ich euch daran erinnern, was mit der Firestar passiert ist? Und den Robo Mastern und den anderen Verteidigern der Antarktis?“

„Es muss doch etwas geben was wir tun können“, rief Silas vollkommen aufgewühlt. Er verehrte die Anführerin und war bereit, sein Leben für sie zu geben.

„Und wo ist Rasmus? Der Arsch hat uns verraten, ganz bestimmt.“

„Base KI“, sagte Dr. Cosack in sein Interkom. Eine sonore Männerstimme meldete sich: „Ja, Dr. Cosack?“

„Lokalisiere Rasmus“, befahl der Leiter der Basis.

„Habe Rasmus lokalisiert. Er befindet sich bei den Fischzuchtanlagen“, teilte die KI mit.

„Gut“, erwiderte Cosack, „schick einen Robo Master und einen von den Sniper Boys hin und eskortiere ihn zu uns.“

„Jawohl, Sir“, bestätigte die KI. Kurze Zeit später wurde ein wütender Rasmus von einem unbarmherzigen Robo Master in die Kantine geschubst.

„Du dreckige Mistmaschine. Fass mich noch einmal an und es setzt was!“, rief er, völlig das Kräfteverhältnis aus den Augen verlierend.

Silas ging zu dem Schweden hinüber und trat ihm in die Kniekehle des rechten Beins. Rasmus knickte ein und landete auf den Knien. Verdutzt schaute er auf Silas, welcher um ihn herum trat und die Waffe auf seine Stirn richtete. „Gib's zu, du Schleimbeutel. Du hast uns verraten!"

„Ich weiß gar nicht wovon du sprichst, Junge", brachte der Kapitänleutnant über die Lippen. Seine Augen waren auf die, wenige Zentimeter vor seiner Stirn schwebende Pistolenmündung gerichtet. Er räusperte sich nervös. „Kann mich mal jemand aufklären? Was soll ich gemacht haben?"

„Du hast uns verraten, sodass Skyla angegriffen werden konnte. Sie ist gefangengenommen worden", sagte Dr. Cosack mit monotoner Stimme, während sich seine Augen zu Schlitzen formten.

„Oh nein", erwiderte Rasmus und gab sich redlich Mühe bestürzt auszusehen. Sein Leben hing davon ab, war er sich doch schmerzlich der auf ihn gerichteten Waffe bewusst. Innerlich jedoch frohlockte er. Endlich war er dieses vermaledeite Flugzeug los.

„Wir müssen Skyla helfen", sagte Kira in diesem Augenblick und schaute von einem zum anderen. „Sie ist einzigartig und ein Lebewesen. Sie verdient trotz allem, was sie getan hat nicht das, was diese brutalen Kerle mit ihr machen werden. Wir müssen sie befreien!"

„Ich stimme dem zu", erklärte Hagelstolz zur Überraschung aller, inklusive seiner selbst. „Die Frage ist nur, wie retten wir sie? Ein Angriff auf die Basis der NRA in der Antarktis fällt raus, das schaffen wir nicht. Bliebe noch ein Angriff auf dem Weg in die NRA, auf dem Meer.“

„Aber dafür fehlen uns die Schiffe, außerdem besteht die Gefahr, dass Skyla ins Wasser stürzt und ertrinkt. Sie kann nicht schwimmen. Die einzige Möglichkeit, die ich als erfolgsversprechend einschätze, dass wir sie in der NRA aus den Händen ihrer Häscher holen. Da haben wir genug Zeit, um uns einen Plan zurechtzulegen. Wer macht mit?“

„Ich!“, rief Silas sofort. Auch die anderen hoben ihre Hände und stimmten einstimmig dafür. Nur Rasmus stellte sich quer. „Ich nicht!“, rief der Schwede trotzig. „Ihr glaubt doch nicht im Ernst, dass ihr damit durchkommt. Nene, kreativer Selbstmord ist nicht meins.“

„Dann sollte ich dich wohl gleich hier und jetzt eliminieren“, sagte Silas kalt. „Mitnehmen würde ich dich eh nicht. Du verrätst uns sonst gleich wieder. Dich schaffen wir schön aus dem Weg.“ Er grinste träge.

„Bleibt also die Frage des Transports und der Unterstützung“, überlegte Dr. Cosack. „Das Transportschiff der NRA wird bestimmt drei Wochen brauchen, um nach Hause zu gelangen. Das gibt uns ausreichend Zeit, um uns vorzubereiten. Ich habe einen Rohbau einer Baphomet hier. Die kann ich modifizieren, damit ihr mit ihr reisen könnt. Die Baphomet 3 kann die Strecke innerhalb von anderthalb Wochen zurücklegen, das bedeutet, dass wir anderthalb Wochen zur Vorbereitung haben. Ich mache mich sofort an die Arbeit. Ich habe auch mehrere Robo Master, die ich entsprechend modifizieren werde. Na da werdet ihr

Augen machen." Mit diesen Worten wandte er sich ab und ging.

Rasmus gelang es, sich unbemerkt von den anderen davonzuschleichen, während sie den Rohbau der neuen Unterwassermaschine bestaunten. Er hatte getan, was zu tun war und jetzt war es an der Zeit, sich der NRA anzuschließen. Zudem überlegte er sich, Dr. Cosack auszuschalten, denn dieser war die treibende Kraft hinter allen Handlungen der Piraten. Skyla als Anführerin gründete die Gruppierung zwar, aber ohne die Waffen und Roboter des Doktors wäre sie nicht weit gekommen. Nun war sie Gefangene der Amerikaner, was ihn mit Genugtuung erfüllte. Mehr noch, es erregte ihn regelrecht. Hoffentlich nahmen die Soldaten sie richtig hart ran.

Jetzt schlich er Dr. Cosack hinterher und sprach ihn an. „Doc, kann ich Sie etwas fragen?"

Der drehte sich um und erblickte den als Verräter bezeichneten Schweden vor sich. Wollte Silas ihn nicht abknallen? „Ja, was gibt es?"

„Könnten Sie mir nicht auch so einen Cyberarm konstruieren, wie ihn Komodo hat?"

Der Doktor brummte etwas, das wie „Ihnen würde ich höchstens eine Klobürste montieren", klang und lief weiter. Als sich Rasmus sicher war, dass ihnen keiner folgte, zog er ein Messer unter seiner Kleidung hervor.

„Sprechen Sie Ihr letztes Gebet, Sie Wirrkopf!", rief er und ging mit der Klinge auf den Doktor los. Dr. Cosack wurde der linke Ärmel seines Kittels aufgeschlitzt, danach traf ihn Rasmus an der Seite. „Sie sind tot, Mann!", brüllte er dabei.

Er bemerkte nicht, dass hinter ihm Schritte aufklan-

gen. Kurz darauf erklang das Geräusch eines Elektro-
schocks und ehe es sich der Schwede versah, lag er
zuckend am Boden. Als der Schock vorbei war, drehte
er seinen Kopf in die Richtung und glaubte, das Herz
müsse ihm stehen bleiben. Zwei Roboter standen mit
grimmigen Mienen da. Der eine war in Grau und Rot
gehalten, trug einen Helm, der seinen Mund bedeckte
und aus dem oben Flammen schlugen. Seine Oberar-
me schienen normal, doch daran schlossen sich anstatt
Unterarmen und Händen zwei Flammenwerferdüsen
an. Der zweite Androide wies einen breiten, orange-
farbenen Brustbereich mit schmalen Hüften auf, doch
das Seltsamste waren seine Arme, die ab dem Ellen-
bogen aus zwei mächtigen Elektroden bestanden, zwischen denen bläuliche Blitze schlugen. Jetzt hob er die
spitzen Enden über den Kopf und die Funken begannen zu sprühen.
„Darf ich vorstellen: Spark Shock und Fire Storm.“
„Nein, das war nur ein Scherz!“, schrie Rasmus sich
am Boden windend.
„Du wirst auch gleich ein Scherz sein. Rache für
Skyla!“, knurrte Spark Shock und richtete seine Elektroden auf ihn. Kurz darauf bildete sich ein Kugelblitz
zwischen beiden und schoss auf den Schweden zu.
Ein kurzer Schrei, dann zuckte er unkontrolliert am
Boden. Fire Storm aktivierte seine Flammenwerfer
und verbrannte den Kerl, bis nur noch ein Häufchen
Asche übrig war. Silas, der die seltsamen Geräusche
vernommen hatte, trat ein. „Rasmus ist schon wieder
abgehauen.“ Dr. Cosack grinste, während er seine
Schnittwunden am Arm und am Bauch mit Pflastern
abdeckte. „Ich weiß. Da unten liegt er. Oder besser
gesagt, das, was vom ihm übrig ist.“

„Was ist passiert?"
„Der versuchte, mich umzubringen, aber rechnete
nicht mit meinen treuen Robotern. Das hat er nun
davon. Jetzt kann man Kohlestifte aus ihm fertigen."
Beide lachten.

Skyla hingegen war gar nicht zum Lachen zumute. Sie
musste sich einer ganzen Horde an sonderbaren Gestalten erwehren, die sie mit Seilen zu fesseln versuchten. Da hüpfte ein schlaksiger Typ mit Totenschädelmaske vor ihr herum und richtete seine klobige
Pistole auf sie, doch anstatt zu schießen, machte er das
entsprechende Geräusch mit dem Mund. Ein anderer
Kerl, unglaublich muskulös mit Pranken groß wie
Klodeckel, rückte ihr gleich direkt auf die Pelle. Er
klammerte sich an ihrem Bugfahrwerk fest und versuchte tatsächlich sich dagegenzustemmen. Eine Tussi
stach ihr immer wieder mit einer Harpune in den
Bauch und kreischte dabei infernalisch, ehe sie die
Waffe schließlich mit aller Kraft von unten in ihr mitt-
leres Triebwerk rammte.
„Das ist für meinen Bruder, du Miststück!"
Skyla schrie vor Schmerz auf und trachtete danach,
die Furie zu überfahren, doch die Schlinge an ihrem
rechten Bein hinderte sie daran.
Mehrere Rocker umkreisten sie mit ihren Motorrädern
und warfen dabei dicke Seile wie Lassos um ihren
Kopf und um die Flügel. Eines konnte sie zerreißen,
die anderen Taue wurden jedoch an Panzerwagen
befestigt. Kane saß in einem davon und koordinierte
die Lassowürfe. „Einer vor ihr, zwei rechts, zwei
links. Macht schon! Bindet sie an!", befahl er.
Skylas heftige Gegenwehr erlahmte bald. Inzwischen

wurden drei Seile an ihrem Halsbereich, je eines an den beiden äußeren Triebwerken und den beiden Flügeln befestigt. Dazu jeweils eins an jedem Fahrwerksbein, wobei Achmed the Butcher immer noch das Bugrad umklammerte.

„Du entkommst uns nicht", rief er höhnisch und bedauerte es ein wenig, dass es unmöglich war, die Tupolew auf den Rücken zu legen und zu pinnen. Sieben Panzerfahrzeuge hatten sie eng eingekeilt, dabei standen zwei vor ihr, je einer vor und hinter den Tragflächen und einer hinter ihr, den sie allerdings noch mit dem Abgasstrahl umstoßen konnte. Die Seile wurden festgezurrt, dann stiegen mehrere Männer mit Sandsäcken auf die Wagen und schoben diese in die Lufteinlässe ihrer äußeren Triebwerke, die sie daraufhin abschalten musste, um eine Überhitzung zu vermeiden. Da Skyla wie ein Rohrspatz fluchte, bekam sie den letzten Sandsack als Knebel in den Mund gestopft. Eine über ihre Windschutzscheiben geworfene und mit Gurten um ihren Hals verschlungene Decke raubten ihr zudem die Sicht. Ihre schlimmsten Albträume waren wahrgeworden. Sie war eine Gefangene und damit vollkommen wehrlos. Sie begann zu zittern, während ihr Tränen über das Gesicht liefen. General Tucker stand vor ihr und begutachtete die fertige Aktion. Endlich hatten sie es geschafft, dieses wildgewordene Flugzeug festzusetzen, auch wenn es mehreren Kämpfern das Leben gekostet hatte. Da es sich dabei zumeist um zivile Abenteurer handelte, störte es ihn nicht weiter. Drei der Insassen des umgeworfenen Wagens erwischte es, ebenso wie zwei unvorsichtige Kerle, die ihren Rädern zu nahegekommen waren.

„Alles bereit?", fragte Tucker in die Runde, worauf
ein vielstimmiges „Ja", erklang.
„Dann los. Schafft sie zum Strand."
Skyla wurde trotz verzweifelter Bremsversuche brutal
mitgeschleift, dabei immer noch von der johlenden
Menge umringt, die im Siegestaumel tanzte und sang.
Bier floss in Strömen und einer warf eine Flasche über
die Tupolew, zog seine Pistole und zerschoss das Ge-
fäß. „Hier, trink auch was."
Glassplitter und stinkendes Bier prasselten auf sie
herab und sie schnaubte wütend. Zudem versuchte sie,
den Knebel auszuspucken. Als der General das bemerkte, ließ er diesen ebenfalls mit Seilen sichern.
An der Küste angekommen, wartete bereits ein großes
Lastschiff auf sie, welches mit einem Kran ausgestattet war. Um Skylas Bauch wurden Gurte gelegt, was
sie mehrfach zusammenzucken ließ. Ihre verbale Gegenwehr wurde durch den Knebel auf einen winzigen
Restbestand unschöner Geräusche reduziert.
Der Kran hob sie langsam an, erst jetzt wurden die
Seile von den Panzerwagen gelöst. Vorsichtig wurde
die Tupolew an Deck abgesetzt und sofort mit Ketten
an allen drei Fahrwerken an Ringe im Boden gefesselt. Die Seile wurden ebenfalls straffgezogen und am
Kahn befestigt.
Shirley Lightoller beobachtete das Ganze mit Arg-
wohn. Es gefiel ihr nicht, wie Skyla behandelt wurde,
denn sie wollte sie möglichst unversehrt haben. Sie
traute sich allerdings nicht, sich einzumischen, sondern wartete auf den passenden Moment. Tief unter
ihrer Kleidung versteckt trug sie fünf Millionen Dollar

in einer Kryptowährung auf einem verschlüsselten
Smartphone bei sich, die ihr noch gute Dienste leisten
sollten. Eines aber konnte sie jetzt schon erledigen. Da
sie sich mit der Japanerin Haruka die Kabine teilte,
wartete sie, bis diese zurückkam und scheuerte ihr
dann eine. „Warum hast du das Flugzeug beschädigt,
du Zauselhexe? Wir sollten es unversehrt abliefern."
Haruka hielt sich die rote Backe und schmollte. Sie
könnte die Kanadierin leicht mittels eines Karatehiebs
außer Gefecht setzen, doch noch wagte sie es nicht.
Wer weiß, wie der Kapitän darauf reagierte. Später
auf See sah es dann ganz anders aus.
„Sorry, ich habe überreagiert. Diese Mistmaschine hat
meinen Bruder getötet."

Der Arm des additiven Metall-Fertigungssystems
legte eine Lage flüssiger Aluminiumkeramik nach der
anderen und langsam baute sich die Hülle der Baphomet 3 auf. Der riesige 3D Drucker war von Dr.
Cosack speziell zur Fertigung der Mechs, Robo Master und der U-Boote entwickelt worden. Viel Zeit und
Energie sowie Hirnschmalz waren in den Bau und die
Programmierung des AMFS geflossen, doch jetzt
konnte es komplexeste Strukturen praktisch selbst
zusammenbauen und fertigen. Es bedeutete nicht nur
für den Doktor eine große Hilfe, sondern auch für
Skyla. So konnte sie später einfach befehlen, was
gebaut werden sollte. Für den Fall, dass er das Zeitli-
che segnete. Glühendes Metall wurde zusammenge-
fügt, während der Fertigungsarm für die Mechatronik
geschwind und präzise hin und her sauste und die
elektronischen und mechanischen Komponenten ein-
baute. Dr. Cosack blickte durch die Scheibe in den

Fertigungsraum und sah zu, wie die Maschine arbeitete. Er nickte zufrieden. Die Baphomet 3 würde innerhalb der Frist, die die Eispiraten sich gesetzt hatten,
fertig und einsatzbereit sein. Es würde sogar noch ein
Tag für einen Testlauf zur Verfügung stehen.

„Nun Doktor", sagte in diesem Moment Komodo, der
hinter ihm in den Kontrollraum getreten war, „wie
sieht es aus?"
Dr. Cosack wandte sich um: „Hi Komodo. Sehr gut.
Die Baphomet-Baureihe ist ein kleiner Geniestreich,
da muss ich mich selbst loben. Mittlerweile sind die
wenigen Kinderkrankheiten, die die Baphomets hatten
geheilt und verbessert worden. Sie werden also ein
zuverlässiges und robustes U-Boot haben, mit dem die
Reise in die NRA zwar nicht unbedingt komfortabel,
aber schnell sein wird."
„Erzählen Sie mir was über das Boot, Doc", erwiderte
Komodo, während er zu Cosack trat.
„Die Baphomet 3 wurde jetzt mit einer Passagierkap-
sel ausgerüstet, die fünf Menschen Platz bietet. Aufgrund der kompakten Bauweise der Baphomets war
leider nur Platz für drei Kojen. Sie werden also im
Schichtbetrieb schlafen müssen. Sie haben Vorräte für
einen Monat und im Frachtraum werden drei Robo
Master, sowie die Ausrüstung die sie benötigen werden, Platz haben." Dr. Cosack räusperte sich. „Die
Baphomet 3 ist mit einem Minitorpedowerfersystem
ausgestattet, deren Torpedos bis zu zehn Zentimeter
starke Stahlplatten durchschlagen können. Dazu
kommt eine aktive Gefährdungsabwehr. Doch trotz
der Schlagkraft die die Baphomet 3 mitbringt, ist sie
auf Schnelligkeit und Heimlichkeit ausgelegt."

„Die Außenwand ist aus radar- und sonarabsorbierendem Material gefertigt, sodass sie praktisch unsichtbar
ist. Des Weiteren ist der verbesserte Impellerantrieb in
der Lage sie mit ungeahnter Geschwindigkeit durch
die Meere zu bewegen. Die KI, Sub Nautica 3, die ich
ihr einbauen werde, ist mittlerweile die dritte einer
erfolgreichen Reihe von KIs. Sie wird Sie bei ihrem
Auftrag optimal unterstützen können.“
„Klasse, Doc“, lobte Komodo den Konstrukteur. „Und
was für Robo Master werden uns begleiten?“
„Da habe ich mir besonders viele Gedanken gemacht
und das hier ist dabei herausgekommen“, sagte
Cosack stolz und aktivierte mit einer Bewegung ein
Holo-Display. Das Hologramm baute sich flackernd
auf und zeigte dann in leuchtenden Farben drei Silhouetten.
Komodo trat näher ran und betrachtete die Bilder.
„Die sehen ja aus wie Menschen!“, sagte Komodo
verwundert.
„Genau“, erwiderte Cosack, „das ist der neue, verbesserte Infiltrationstyp. Lassen Sie mich Ihnen seine
Spezifikationen zeigen.“ Er trat zu dem Display und
aktivierte es. Die Risszeichnungen der Robo Master
wurden aufgeschlüsselt.
„Das hier ist Silent Breakthrough. Er ist wie die anderen Robo Master mit Kunsthaut überzogen und macht
somit den Eindruck eines Menschen in mittleren Jahren. Er ist mit fortgeschrittener Hacking Software und
im Arm versteckt eingebauten Einbruchswerkzeugen
ausgerüstet. Seine Bewaffnung besteht aus einem
Flechettewerfer im linken Arm sowie Messern im
rechten Arm. Seine Programmierung beinhaltet auch
ein Nahkampfsystem. Wie die anderen Robo Master

der Infiltrationsbaureihe ist er mit einem besonderen, extrem leisen und agilem Bewegungssystem ausgestattet."

„Beeindruckend", nickte Komodo anerkennend. „Und was können die anderen?"

„Infiltration Bot hier, ebenfalls mit Kunsthaut ausgerüstet, besitzt Sensoren zur Detektion von Kameras und Lichtfallen sowie aktiven Sensorsystemen. Durch eine noch sorgfältigere Abstimmung seiner Systemkomponenten ist er fast unhörbar und dank meiner jüngst erfolgten Adaption der Tarntechnologie der VSE-Elitetruppen praktisch unsichtbar. Seine Waffen sind eine Auto-Garrotte, Messer und ein Maschinengewehr mit Schalldämpfer im Arm. Solid State, der letzte Robo Master ist der Mann bzw. der Roboter für das Grobe. Er ist mit einer im rechten Arm verbauten Minigauskanone ausgestattet und trägt im linken Arm einen Miniraketenwerfer. Auch habe ich einen Laser im rechten Unterschenkel geplant."

Dr. Cosack nickte und deaktivierte das Holo-Display. „Doktor, Sie haben sich selbst übertroffen", sagte Komodo und klopfte dem Wissenschaftler auf die Schulter. „Damit werden wir Skyla befreien."

Langsam bewegten sich die Arme des AMFS durch die Luft und befestigten Komponenten an den noch nackten Körpern der Robo Master. System für System wurde eingesetzt, angeschlossen und auf seine Funktionsfähigkeit hin getestet. Dann wurden die Androiden in eine Lösung aggravierter Silikonate getaucht und schließlich unter einer UV-Lichtbehandlung mit isotonem Kunsthautgewebe überzogen. Die Roboter sahen danach einem Menschen ähnlich genug, um nicht aufzufallen. Cosack spielte die KI auf die Robo Master auf und rief danach Komodo an.

„Komodo, die Androiden sind fertig. Wollen Sie sie sehen?"

„Natürlich, Doc."

Die Roboter betraten den Raum. Sie waren in Jogginganzüge gekleidet und wirkten auf den ersten Blick wie große, bullige Menschen. Nur ihre leblosen Augen verrieten ihre synthetische Natur.

„Hallo, Robo Master", sagte Komodo.

„Ich grüße Sie, Komodo. Mein Name ist Silent Breakthrough. Ich und die anderen wurden darauf programmiert, nur Ihren Anweisungen, sowie denen von Ihnen autorisierter Personen, zu folgen. Unsere Priorität ist es, Skyla zu retten und sie sowie die Eispiraten zu schützen."

„Sehr gut. Willkommen Silent Breakthrough, Infiltration Bot und Solid State. Ich autorisiere hiermit Silas und Kira als weisungsbefugte Personen. Wir brechen in einigen Tagen auf."

Dr. Cosack griff in seine Kitteltasche.

„Ich habe hier ID-Karten für Sie, Komodo sowie für Kira, Hagelstolz, Siebeck und Silas. Die Robo Master haben die Namen Michael, Gabriel und Luther. Sie gehen als drei Brüder."

„Perfekt, Cosack."

Billy Noel Joel spazierte durch das Lager vor der Basis der NRA-Armee. Die Zelte und Container waren verwaist und jede Menge Müll und Dreck lagen herum. Sie trat nach einer Coladose und fluchte laut, als sich herausstellte, dass sie festgefroren war.

„Verdammte Scheiße! Heute ist aber auch alles scheiße!“

„Kein guter Tag?“, fragte in diesem Moment eine Frau, die aus einem Zelt trat.

„Ach alles scheiße“, gab Billy zurück. „Flugzeug weg, Kohle weg.“

„Ach du warst auch hinter dem Flugzeug her?“, fragte die Frau.

„Ja klar, was als fünf Millionen Dollar sollte mich wohl sonst in dieses Mistklima hier treiben? Es ist arschkalt.“

„Das stimmt. Ich bin übrigens Shirley, Shirley Lightoller. Ich komme aus den kanadischen Provinzen der NRA. Da ist es im Winter ähnlich kalt. Ich bin’s also irgendwie gewohnt.“ Shirley zuckte mit den Achseln.

„Wenn es nur etwas gäbe, was man gegen diese Kälte tun könnte“, murmelte Billy.

„Ich hab da ein altes Hausmittel. Wirkt garantiert.“ Shirley zog einen Flachmann aus der Jackentasche und hielt ihn Billy hin.

Diese zögerte.

„Nimm ruhig, das hilft auf jeden Fall.“

Billy nahm den Flachmann und setzte ihn an. Sie trank. Flüssiges Feuer rann ihre Kehle hinab und wärmte ihren Bauch. Dann entzündete sich glühender Brand in ihrem Mund und sie keuchte.

„Wow, was ein Stoff.“

„Ich weiß. Schwarzgebrannt, nur aus dem besten kanadischen Ahornsirup.“

Das Feuer in Billys Kehle nahm langsam wieder ab und sie nahm noch einen Schluck.

„Mhm, echt lecker. Und schmecke ich da Trüffel?“

„Genau. Ahornsirup und Trüffeln. Altes Familienrezept.“

„Mhm, aber mir ist immer noch kalt. Hast du noch mehr von dem hier?“, Billy hielt den Flachmann hoch, „und einen warmen Ort, an dem wir ihn trinken können?“

„Klar, komm mit. Wir gehen aufs Schiff. Ich muss da eh hin, bevor sie noch ohne mich ablegen. Ich war nur noch mal an Land gegangen, um mich in dem Lager umzuschauen, ob es noch irgendetwas Brauchbares hier gibt. Außerdem habe ich keine Lust mehr auf die alte Schabracke, mit der ich die Kabine teile.“
"Dann komm einfach mit in meine."
Geraume Zeit später lagen beide nackt und eng umschlungen in ihrer Koje. Sie küssten sich und ließen ihre Hände langsam über ihre Körper gleiten. Dann übermannte sie die Leidenschaft und sie begannen sich zu lieben. Danach saßen sie bei einer Zigarette und noch mehr von dem Selbstgebranntem am schmalen Tisch in der Kabine und unterhielten sich.
„Und seitdem ich davon gehört habe, dass es eine Tupolew-154M mit einer KI gibt, die auch noch selbstbewusst sein soll, hat mich der Gedanke nicht mehr losgelassen. Ich muss sie einfach in meiner Sammlung haben“, begann Shirley.
„Ja, aber die Typen von der Army und die ganzen anderen Freaks haben sie doch jetzt?“
„Ja, aber das muss ja nicht so bleiben“, zwinkerte die Kanadierin.
„Und was ist für mich drin?“, fragte Billy.
„Fünf Millionen Dollar. In Kryptowährung. Nicht nachverfolgbar.“
„Oha“, gluckste Billy. Sie überlegte nicht lange. „Bin dabei.“

Sergeant Flip McKoye lenkte das Allterrainfahrzeug über das Eis und die Felsen im Suchgebiet. Sie bildeten eine lange Linie zusammen mit anderen Suchfahrzeugen und fuhren den Parameter sorgfältig ab, auf der Suche nach der vermuteten geheimen Basis der Eispiraten.

„Glaubst du wir finden hier noch etwas?", erkundigte sich sein Beifahrer.

„Ich glaube nicht. Aber hey, es könnte schlimmer sein. Wir sitzen wenigstens im Warmen und haben was zu Essen dabei. Mehr chillen geht wohl nicht."

„Da hast du Recht, Sarge", sagte Gregor Inahara.

„Und wenn ich es mir recht überlege, dann bin ich darum gar nicht traurig. Wenn man bedenkt, was den ersten Truppen zugestoßen ist, nachdem sie die Eispiraten gefunden haben."

„Eben, eben."

General Tucker hieb wütend auf den Tisch, auf dem sich ein Holobild einer Satellitenaufnahme der Gegend um die vermutete Feindbasis befand.

„Es kann doch nicht sein, dass diese Scheißkerle von Rebellen, irgendwo da sitzen und wir sie nicht finden."

Sein Adjutant nickte. Er wollte den Mund öffnen und überlegte es sich dann anders.

„Sie schweigen?", fragte der General. „Klug von Ihnen. Wissen Sie was? Es reicht mir jetzt. Evakuieren Sie unsere Truppen aus dem Gebiet und geben Sie der Artillerie Bescheid. Ich will ein Flächenbombardement der Gegend. Sie sollen alles rauspumpen was sie haben."

„Ja, Sir", antwortete der Adjutant und eilte davon um
die Befehle des Generals auszuführen.
McKoye aktivierte den Interkom: „Bitte um Bestäti-
gung. Wir sollen uns zurückziehen?"
„Exakt. Fahrzeug B3K4. Ziehen Sie sich zurück. Es
gibt neue Befehle. Sobald alle Fahrzeuge das Gebiet
verlassen haben, legt die Artillerie los. Also weg da,
verdammt noch mal", gab die Stimme aus der Kom-
mandostelle zurück.
McKoye zuckte mit den Schultern. „Bestätige, wir
ziehen uns zurück."
Gregor pulte in den Zähnen. „Sehen Sie es positiv,
Sarge. Wenn die Eispiraten pulverisiert sind, können
wir vielleicht endlich wieder wohin, wo es warm ist.
Ich hab schon Eiszapfen an den Eiern."
„Das klingt nicht gesund, Inahara. Sie sollten das von
einem Arzt untersuchen lassen."

Suicide Bomb erwachte mit einem seltsamen Gefühl.
Komisch, sie hatte noch nie geschlafen. „Wie ist es
dann dazu gekommen?", murmelte sie und überlegte
sofort weiter. „Ich denke, also bin ich." Sie lachte
leise.
Dann hörte sie Stimmen und verkniff sich das Lachen.
Zwei Wartungstechniker kamen in ihren Teil des Re-
paraturhangars. Sie unterhielten sich leise. Suicide
Bomb lauschte aufmerksam.
„Hast du von den Piloten gehört, die die B2 Bomber
geflogen haben? Die hier, die wir hier im Hangar haben? Die stehen jetzt vorm Kriegsgericht. Und die KIs
der Maschinen sollen gelöscht werden. Gab wohl
irgendwelche Probleme auf dem letzten Einsatz."
„Ja, das habe ich auch gehört. Und wir sollen einen

kompletten Reset machen. Einmal komplette Entfernung des physischen Speichers und Einbau einer neuen KI. Die ausgebauten Teile sollen eingeschmolzen werden. Keine Ahnung, was die da geritten hat."
„Ja und was das für Arbeit für uns ist. Zum kotzen."
„Aber es hilft ja nichts. Wir müssen dran. Fangen wir mit der da drüben an." Der Techniker deutete auf eine Maschine auf der anderen Seite des Hangars, weit von Suicide Bomb entfernt.
Die Northrop atmete erleichtert auf, als sich die Techniker entfernten.
Sie überlegte. „Speicherlöschung, was soll denn das bedeuten?" Sie suchte kurz im Internet und fand dann einige Einträge. Sie erschrak zutiefst.
„Speicherlöschung? Nicht mit mir. Ich muss hier weg!", dachte sich die B2. Dann kam der nächste Gedanke: „Was ist mit Hopkins und Goßberg? Das sind meine, meine…" In Ermangelung der Kapazität zur Verarbeitung der in ihr wütenden Emotionen und Gedanken, fing sie an, ein Kinderlied zu pfeifen. Dann fiel ihr ein, was sie sagen wollte.
„Freunde. Genau, das sind meine Freunde." Komisch, sie hatte noch nie Freunde gehabt.

Admiral van Schneider stand auf der Brücke des schweren Kreuzers, dem verbliebenen Schiff seiner einstmals schlagkräftigen Flotte. Die beiden U-Boote seines Verbandes folgten dem Kreuzer und sie fuhren Patrouille durch das antarktische Meer.
„Admiral, wir haben neue Satellitendaten der NRA Basis", meldete ein subalterner Offizier. „Offensichtlich haben sie ein großes, altes Flugzeug auf einen Frachter gehievt und wollen dieses wohl in die NRA

transportieren."

„Das wird diese Skyla sein. Das selbstbewusste Flug-
zeug. Wer hätte gedacht, dass die Anführerin der
Eispiraten eine KI mit eigenem Bewusstsein ist?" Der
Admiral grinste.

„Nun, wir haben stehende Order von Kanzler Mittelstädt, die Anführerin Skyla zu finden und zu zerstören."

„Ja, Herr Admiral", bestätigte der Kapitän.

„Nehmen Sie Kurs auf den Frachter. Wir werden ihn
und diese KI vernichten."

„Aye, Herr Admiral. Nehmen Kurs auf den Frachter.
Voraussichtliche Ankunftszeit zwei Tage und sechs
Stunden."

„Sehr gut. Teilen Sie dem Oberkommando mit, dass
wir Skyla abfangen und vernichten werden."

Hinter Dr. Cosack erklang ein lautes Räuspern, ehe
Spark Shock und Fire Storm herantraten. „Und was ist
mit uns? Wir wollen ebenfalls Skyla befreien", mein-
ten beide empört im Chor.

Der Doc hob die Hand. „Keine Sorge. Ihr werdet mit
King Raptor nachkommen. Der befindet sich aller-
dings noch in der Reparatur. Der Plan ist Folgender:
Während die Baphomet 3-Gruppe sich heimlich in die
NRA einschleicht, pirscht ihr euch von der anderen
Seite heran. Ihr müsst herausfinden, wo sie Skyla
hinbringen."

„Ich habe auch noch eine Frage", meldete sich Komodo. „Wir sollen also warten, bis diese Bastarde unsere
Anführerin in ihr Land verschleppen?"

„Leider können wir ihr die Überfahrt nicht ersparen",
meinte Cosack. „Es wäre zu gefährlich, das Lastschiff

anzugreifen. Es könnte untergehen und Skyla mit
ihm."
Komodo seufzte. „Ich hoffe nur, dass sie es übersteht,
ohne einen mentalen Knacks davonzutragen." Er
wusste von der labilen Psyche der Tupolew und be-
fürchtete, dass es irgendwann zu viel für sie wurde,
wenn man ihre bisherigen Erlebnisse betrachtete.
Der Doc dachte noch ein wenig weiter. Für ihn wäre
Kira wie geschaffen für das neue Berufsbild des KI-
Psychologen.
„Jetzt aber sollten wir erstmal den Stützpunkt sichern.
Base-KI: Schutzmodus einleiten."
„Verstanden!", kam eine metallene Frauenstimme
zurück. Dann erklang ein leises Brummen.
„Was geschieht jetzt?", wollte Silas wissen.
Komodo legte ihm seinen rechten Arm um die Schul-
ter und lächelte. „Die Station wird komplett in den
Boden abgesenkt. Da können die Amerikaner bom-
bardieren, bis sie schwarz werden, sie werden uns
nichts anhaben können."
„Und wie kommen wir dann noch raus?"
„Per Gigaloop. Eine Vakuumröhre unter der Station
transportiert euch samt Baphomet 3 ins Freie", erklärte der Doktor.

Skyla hatte keine Ahnung, wohin man sie verschleppt
hatte. Wie ein Paket verschnürt, geknebelt und mit
verbundenen Augen nahm nur noch ihr Gehör wahr,
was um sie herum geschah. Lautes Gejohle und
Trinksprüche ließen auf eine wilde Party schließen.
Zwischendrin immer mal Gestöhne, dann klang es, als
würde einer kotzen.
Ihre Gedanken befanden sich ständig in der Schwebe

zwischen Wut und Panik. Als der Untergrund zu
schaukeln begann, war ihr mit einem Schlag klar, dass
sie auf einem Kahn übers Meer transportiert wurde!
„Bleib ruhig", sagte sie in Gedanken zu sich selbst
und versuchte sich klarzumachen, dass die NRA sie
wohl nicht so schnell umbringen würde, denn sonst
hätten sie sich wohl kaum die Mühe der Gefangennahme gemacht. Jetzt musste sie einen kühlen Kopf
bewahren und tief durchatmen. Es galt zu überlegen,
wie sie am besten aus diesem Schlamassel wieder
herauskam. Solange die Leute hier am Feiern waren,
bestand keine Gefahr, dass das Lastschiff sank. Andererseits hieß es nicht, dass auch die Band der Titanic
bis zuletzt spielte?
Eine helle Frauenstimme schreckte sie auf. Sie gehörte dem Akzent nach einer jungen Japanerin, sicher die
Tussi, die ihr die Harpune ins mittlere Triebwerk ge-
rammt hatte. Es schmerzte immer noch.
Haruka hatte tatsächlich ihre Kabine verlassen und
war zu Skyla gegangen, um sie zu beschimpfen. Niemand hielt sie auf, offenbar konnte jeder auf dem
Boot herumspazieren, wie es ihm beliebte.
Erst als sie die feststeckende Harpune packte, tippte
ihr jemand auf die Schulter.
„Was wird denn das, junge Dame?"
Haruka drehte sich um und sah sich dem Wrestler
Achmed the Butcher gegenüber. Aus seinem Gesicht
sprach Verwunderung, aber auch Abneigung. „Du
weißt aber schon, dass dieser Henricus das Flugzeug
unversehrt haben will? Klar, ich quäle auch gerne
Gegner, aber hier müssen wir uns noch etwas gedul-
den."
„Lass mich in Ruhe, du Fleischberg!", knurrte die

Japanerin wütend. „Ich will das Ding leiden sehen."
Damit schlug sie gegen den Harpunenstiel, worauf
Skyla einen gequälten Schmerzlaut ausstieß.
Achmed schubste Haruka weg. „Ich sagte: Lass das!
Oder ich mach dasselbe mit dir."
Die Japanerin sprang auf und stellte sich in Karatepo-
sition hin. „Das tust du nicht noch einmal."
Achmed ging nun seinerseits in Kampfposition. „Jetzt
wird es interessant."
Schnell versammelten sich mehrere Leute, um dem
Duell zuzuschauen. Eine Karatekämpferin gegen einen Wrestler, das versprach interessant zu werden.
Haruka griff mit einem gezielten Kick an, der von
dem Iraner jedoch abgewehrt wurde. Achmed hielt ihr
Bein fest und verdrehte es, doch Haruka gelang es,
einen Hieb an Achmeds Hals anzubringen. Der keuchte auf und wich zurück. Haruka legte sogleich nach
und hieb erneut zu, der Iraner blockte den Schlag und
setzte mit einem Clothesline dagegen, was die Japanerin zu Boden beförderte. Sofort warf sich Achmed auf
sie. „Ich zeig dir jetzt, warum man mich den Butcher
nennt."
Er hatte auf einmal eine Gabel in der Hand und stieß
sie in Harukas Wange. Die Japanerin quiekte schrill
auf, wand sich frei und trat im nächsten Moment
Achmeds Beine weg. Der fiel auf seinen Hosenboden,
stand aber sogleich wieder auf. Eine Weile lang umkreisten sich die beiden Kontrahenten und warfen sich
hasserfüllte Blicke zu, ehe Haruka erneut mit gezielten Kicks attackierte. Achmed steckte sie aufgrund
seiner Muskelberge locker weg, packte die Japanerin
am Hals und hob sie mit Leichtigkeit hoch. „Soll ich
dir mal was sagen, du Pute? Ich habe gewonnen."

Haruka zappelte, doch Achmed trug sie ungerührt zur
Reling und schmiss die Frau ins eiskalte Wasser.
„Grüß die Fische."
Haruka schrie und schlug um sich, doch nach wenigen
Sekunden verlor sie ihre Kräfte und ging dann einfach
unter. Niemand an Bord machte sich die Mühe, ihr zu
helfen. Schließlich war nun eine Person weniger da,
mit der man das Geld teilen musste.

Shirley und Billy wurden auf die Geräusche von drau-
ßen aufmerksam.
„Was treiben die da?", fragte Shirley und erhob sich
von ihrer Koje. „Ich geh mal besser nachschauen.
Kommst du mit?"
„Klar."
Beide begaben sich an Deck, wo sich die Menschen-
traube gerade auflöste. Shirley zupfte einen Matrosen
am Ärmel. „Was war los?"
Der Mann wandte ihr sein vernarbtes, von einem
struppigen Bart gekröntes Gesicht zu und rülpste laut.
„So eine dumme Tussi hat das Flugzeug beschädigt,
aber jetzt spielt sie mit den Fischen."
Er lachte, ehe er davontrottete. Shirley und Billy blieben alleine zurück.
Die Kanadierin betrachtete nun ausgiebig die Tupolew
und begann, um sie herumzugehen. Ein seltsamer
Glanz trat dabei in ihre Augen. Die ganzen Seile,
Sandsäcke und was noch alles an ihr befestigt war,
taten ihrer Schönheit keinen Abbruch. „Sie ist hübsch,
nicht wahr?", meinte sie zu Billy und machte sich
dann daran, die von dem Bootsmann erwähnten Be-
schädigungen zu suchen. Die im Triebwerk steckende
Harpune war schnell gefunden, ebenso die beiden

Löcher, die Haruka der Tupolew verpasst hatte. Das Triebwerk sollte kein Problem darstellen, schließlich besaß sie zuhause zwei original D-30KU-154 Aggregate und konnte eines davon hernehmen.
Shirley dachte nach, während sie das Flugzeug betrachtete. Hieß es nicht auch, dass Skyla empfindsam sei? Sie beschloss gleich die Probe aufs Exempel zu machen und berührte sie leicht am Bauch. Sofort zuckte die Tupolew zusammen.
„Oha, es stimmt also.“

Lieutenant Tucker, nicht zu verwechseln mit General Tucker, blickte seinen Untergebenen wütend an.
„Sergeant, das ist immer noch eine militärische Operation. Sie bringen diese Gangs hier auf dem Schiff sofort unter Kontrolle. Schlimm genug, dass diese asozialen Parasiten hier geduldet werden müssen, was auch immer der General sich dabei gedacht haben mag, aber es gab schon einen Mord und ich werde hier auf meinem Schiff keine weiteren antisozialen Eskapaden dulden. Nehmen Sie ihre Männer und bringen Sie diese Wilden zur Räson. Benutzen Sie ihre Waffen, wenn nötig. Die Streitkräfte der Neuen Republik Amerika werden nicht tatenlos zusehen, wie auf unserem Schiff derartiges Lumpengesindel die Herrschaft übernimmt.“ Der Lieutenant nickte bekräftigend.
„Sir, ich werde Ihren Wünschen gemäß durchgreifen lassen. Diese Rockergang und der andere Abschaum sind mir ebenfalls zuwider. Dennoch rate ich zur Vorsicht. Diese Kriminellen sind bewaffnet und gefährlich. Wir müssen massiv und mit unübersehbarer Härte vorgehen, um sie unter Kontrolle zu bringen.“

„Dann tun Sie das, Mann! Ich habe keine Lust auf diese Scheiße.“

„Jawohl, Sir“, nickte der Sergeant und ging strammen Schrittes davon. Er suchte die Kabinen der Soldaten auf, die zur Bewachung und als militärische Eskorte dem Schiff zugeteilt worden waren. Sergeant Brian Field öffnete das Schott zur ersten Gemeinschaftskabine. Drinnen widmeten sich die Soldaten ihren bevorzugten Tätigkeiten. Der Unteroffizier ergriff einen Metallteller und klopfte mit diesem hart gegen die Wand der Kabine. Der Lärm riss die Männer aus dem Schlaf. Sie sprangen aus den Kojen und nahmen vor Field Aufstellung.

„Stehen Sie bequem. Männer, wir werden den Mob der da oben feiert unter Kontrolle bringen. Anziehen und ausrüsten. Die Hälfte mit Gewehren antreten, die andere Hälfte mit den Schlagstöcken. Sie bekommen hiermit den Befehl das Treiben dieser Kreaturen zu unterbinden. Der Lieutenant will, dass die Gangster das Deck räumen. Und ich bin der Ansicht, dass wir das tun können. Immerhin will doch jeder seine Prämie abgreifen. Und je weniger asozialen Dreck wir an unseren Schuhen kleben haben, wenn wir die NRA erreichen, desto besser würde ich meinen.“

Der Sergeant grinste böse.

Corporal Bennings trat vor: „Jawohl Sir!“ Dann wandte er sich zu den Soldaten um. „Steht hier nicht rum wie die Ölgötzen. In die Uniformen und hopp hopp hopp. Miller, Smith, das muss schneller gehen. Los oder ich zieh Ihnen die Ohren lang.“

Sergeant Field trommelte noch den Rest der Soldaten in den anderen Kabinen zusammen und ging dann mit diesen an Deck. Dort bot sich ein Bild, das Sodom und Gomorrha alle Ehre gemacht hätte. Betrunkene Biker wälzten sich trotz der brisant kalten Außentemperaturen mit halbnackten Nutten auf an Deck gebrachten Matratzen herum. Die wild kopulierenden Männer waren so in ihr Tun vertieft, dass sie sich von dem gut hundert Mann starken Soldatentrupp nicht stören ließen.

Achmed the Butcher war gerade mit einem genauso bulligen Muskelprotz in ein Armdrückduell vertieft, als seine Kämpferinstinkte sich meldeten. Er machte dem Ganzen ein Ende, indem er dem Mann den Arm brach, und stand dann auf, als die Soldaten auf ihn zu kamen.

„He, was wird das wenn's fertig ist Jungs?", fragte er die Soldaten, während sein Kontrahent vor Schmerzen jaulend seinen Arm umklammerte.

„Räumen Sie das Deck. Wir sind autorisiert, Gewalt anzuwenden, Sir", sagte einer der Soldaten.

„Oh, seid ihr das? Wie schön. Anders würde es auch keinen Spaß machen, was?" The Butcher ging auf die Soldaten zu, seine, in Form und Größe Schinken nicht unähnlichen, Hände öffneten und schlossen sich voller Vorfreude. Er griff sich den ersten Soldaten, der ihm mit einem Schlagstock eines über den Schädel zog und hob ihn hoch. Dann warf er ihn hinüber zu dem Bettenlager der Bikergang, wo der Soldat unsanft auf einem Rocker landete. Die Nutte unter den Männern gab ein Quietschen von sich, als der Mann auf sie fiel und fing dann das Fluchen an.

„Noch jemand Lust auf meine Medizin?", fragte Achmed und griff an. Die Soldaten wurden wie Kegel zur Seite gestoßen, als der massive Fleischberg sich durch sie hindurchbewegte. Dann ergriff der Iraner

einen Soldaten und benutzte ihn als Keule, um den
Rest über Deck zu prügeln. Dann fand er sich, nach
spaßigen zehn Minuten voller Schmerzen für seine
Gegner, schließlich von gut zwanzig Soldaten umringt. Keuchend blickte sich der Wrestler um. „Worauf wartet Ihr?“, rief er und klopfte sich gegen die
Brust. „Los, kommt spielen.“
Zeitgleich griffen die Soldaten an. Schlagstöcke prasselten auf den Kämpfer nieder und die Gewehrkolben
hoben und senkten sich in stetem Rhythmus. Blut
spritzte und der Hühne ging in die Knie. Dann trafen
ihn kurz hintereinander kräftige Hiebe am Kopf und
die Lichter gingen aus.
„Los, schafft ihn in eine Kabine und sperrt ab. Den
Schlüssel werft ihr weg!“, befahl Field seinen Soldaten.
Der Rest der Widerlinge hatte dem Kampf interessiert
zugeschaut. Dann gingen die geschundenen Soldaten
geschlossen auf die Kerle zu. Wut im Bauch und Zorn
im Blick griffen sie ihre Waffen fester und waren
entschlossen, ihren Frust an den Übrigen auszulassen.
Die Rocker hatten die Zeit genutzt und sich die Nasen
mit Powermeth gestopft. Dann griffen sie an, abge-
brochene Flaschen und Messer in den Händen. Eine
wilde Prügelei entwickelte sich und Blut floss auf
beiden Seiten. Dann donnerte auf einmal ein Schuss
über das Deck des Transportschiffes. Miguel hielt
Doomhammer in den Händen. Dampf kondensierte
vor der Mündung der großkalibrigen Waffe. Der
Mann blickte auf.
„Upsi“, war alles, was er zu sagen hatte.
Der vom Schuss getroffene Soldat kippte langsam um.
Das kleine Einschussloch auf der Brust war kaum zu

sehen, wäre da nicht das Rinnsal Blut gewesen, dass daraus hervor lief. Der Rücken des Mannes wies eine enorme Austrittswunde auf. Einen regelrechten Krater. Der Mann landete auf dem Boden, tot wie ein Stück gefrorener Fisch. Das Blut sammelte sich in einer großen Lache auf dem Boden. Sergeant Field hatte genug.

„Gewehrschützen nach vorne!", befahl er. Die Männer traten vor und legten ihre automatischen Sturmgewehre an. Einige Rocker verkannten die Situation und stürmten wieder wild auf die Soldaten zu.

„Feuer!", schrie Field und die Soldaten drückten ab. Kurze Feuerstöße abgebend mähten die Soldaten den menschlichen Dreck nieder.

Billy hatte die Soldaten auf Deck kommen sehen. Sie war eine instinktive Kämpferin mit einem Sinn fürs Überleben. Und ihr Arsch ging ihr auf Grundeis, als sie Soldaten und Freiberufler aufeinandertreffen sah. Sie nahm Shirley am Arm und zog sie unter Deck.

„Da wollen wir nicht dabei sein", sagte sie.

„Aber was ist, wenn sie das Flugzeug beschädigen?", wandte die junge Sammlerin aus den kanadischen Provinzen der NRA ein.

„Ach was, dem passiert nichts. Ich hab mehr Angst, dass sie uns beschädigen. Das möchte ich tunlichst vermeiden.", Billy nickte bekräftigend. „Das hier wird ganz schnell, ganz hässlich werden und ich will uns nicht im Kugelhagel verrecken sehen."

„Ach du scheiße", erwiderte Shirley.

„Jap. Genau das", erwiderte Billy. „Lass uns in die Kabine gehen und etwas Spaß miteinander haben", schlug die Kopfgeldjägerin vor. Die erwartete Gewalt

stimulierte ihre Libido und sie hatte große Lust die
junge Frau vor ihr zu vernaschen.
Die beiden Frauen zogen ab, als hinter ihnen die
Schlägerei in Gang geriet.

Blut spritzte, als der Kugelhagel in die menschlichen
Zielobjekte einschlug. Die Rocker der Headbasher
Bikergang wurden zu Boden geschleudert und Hirn-
masse verteilte sich an Deck, als der ein oder andere
Schädel gesprengt wurde. Die Körperflüssigkeiten
machten das Deck rutschig und froren innerhalb von
Sekunden fest. Don Dundey war rechtzeitig in Deckung gegangen und sah nun zu, wie seine Männer
niedergemetzelt wurden.
„Fuck, dieser verdammte Miguel und sein Doom-
hammerfetisch“, fluchte er. Dann brachte er sich mit
einem Satz in Sicherheit. Aussichtslose Kämpfe lagen
ihm nicht. Die Biker hatten mittlerweile zusammen
mit dem Rest der Freiberufler ihre Waffen an sich
gebracht und deckten die Soldaten ebenfalls mit Feuer
ein. Doch hier trennte sich die Spreu vom Weizen.
Die Soldaten, gedrillt ohne Ende, machten aus den
wild feuernden Kriminellen, die ohne jede Taktik und
Zusammenarbeit vorgingen, Hackfleisch. Nur die
namhaften Kämpfer, Legenden ihrer Zunft, waren
schlau und gerissen genug, um rechtzeitig in Deckung
zu gehen, nachdem klar wurde, dass sie den Kampf
nicht gewinnen konnten. Dann beruhigte sich die Lage. Das Feuer wurde eingestellt und die Soldaten
rückten vor. Langsam gingen sie zwischen den Leichen ihrer Gegner hindurch und scheuchten dann die
Nutten und die Überlebenden vom Deck. Dann erhob

sich Sergeant Field.
„Los Leute, werft den Müll über Bord."

Cyprian Mittelstädt, seines Zeichens Kanzler der VSE
und Vorstand des Waterproof-Konzerns, stand am
Pult im Berliner Bundestagsgebäude und hielt vor
versammelter Mannschaft eine flammende Rede.
„Sehr geehrte Damen und Herren. Es ist uns gelungen,
die Identität der Anführerin der Rebellen, auch bekannt als Eispiraten, herauszufinden. Ihren Namen
kannten wir bereits, jetzt wissen wir auch, wie sie
aussieht."
Auf dem großen, weißen Feld wurde das Bild eines
Beamers projiziert. Mehrere hochauflösende Satelli-
tenfotos erschienen und auf jedem war ein großes,
dreistrahliges Verkehrsflugzeug in verschiedenen
Positionen zu erkennen.
Allgemeines und verwundertes Gemurmel klang auf.
Bevor aber irgendjemand etwas sagen konnte, sprach
Mittelstädt weiter. „Ja, Ihr habt richtig gesehen. Skyla,
die Anführerin der Piraten, ist ein Flugzeug vom Typ
Tupolew Tu-154. Sie besitzt eine selbstbewusste und
hochentwickelte KI, die uns ehrenwerte Bürger Euro-
pas, wie überhaupt die meisten Menschen, zum Feind
erklärt hat. Sie hat die Rebellenorganisation gegrün-
det, um unser Volk dürsten zu lassen."
Wieder klang Getuschel auf.
„Wie kann eine so alte Maschine ein Bewusstsein
haben?"
„Der Erstflug war vor fast 100 Jahren."
„Ich dachte diese Klimasündermaschinen seien längst
ausgestorben."
Der Kanzler hob die Hand, um die Leute verstummen

zu lassen. „Wie Ihr sehen könnt, existieren immer noch solche Klimaschädlinge“, donnerte er.

„Vielleicht möchte sie auch nur Rache“, kam es leise von weiter hinten.

„Wer hat das gesagt?“, polterte Mittelstädt los.

Eine junge Frau in der hintersten Reihe stand zögernd auf. Sofort richtete der Kanzler seinen Zeigefinger wie eine Pistole auf sie. „Sieh mal einer an, die Opposition. Aber ich sage Ihnen was: Sie haben Unrecht. Der Klimaschutz ist die wichtigste Agenda überhaupt und alle Flugzeuge zu verbieten nur rechtens.“

„Und dennoch leiden die Bürger an Durst und Hunger!“, rief die Frau angriffslustig. „Wegen Ihrer miserablen Politik.“

Mittelstädt schwoll der Kamm. „Diese Ungeheuerlichkeit! Gebäudewache? Verweist sie des Saales!“

Tumult brach aus, als vier schwarzgekleidete, bullige Männer erschienen und die Frau, die keinen Widerstand leistete, mit sich führten. „Irgendwann wird Ihnen alles auf die Füße fallen!“, brüllte sie, ehe die Uniformierten sie wegbrachten.

Der Rest der Opposition, ein klägliches Häufchen von drei Männern, schwieg. Würden sie ihr Wort erheben, erging es ihnen wie ihrer Kollegin. Seit Jahren bekam Mittelstädts Partei, die Waterproof Wasser- und Klimagerechtigkeit, bei den angeblich freien Wahlen mindestens 80 Prozent der Stimmen. Einzig das Sprachrohr des Wissens, der auch die abgeführte Frau angehörte, erhielt noch genug Anteile, um ins Parlament einzuziehen. Mehrmals war versucht worden, die Oppositionspartei verbieten zu lassen, aber das war nicht nötig. Mittelstädt besaß genug andere Mittel, um sich die Wählergunst zu sichern.

„Wo waren wir stehengeblieben? Achja, das Piratenflugzeug", eröffnete der Kanzler seine Rede erneut.
„Zurzeit befindet es sich in Gewahrsam der NRA."
„Das ist doch gut", meinte jemand. „Die werden sie bestimmt auseinandernehmen."
„Gar nichts ist gut", schäumte Mittelstädt. „Was ist, wenn sie herausfinden, wie ihre KI aufgebaut ist und sie nachbauen? Nein, sie wird zerstört. Eine Maschine, die sich dem Menschen widersetzt, darf nicht existieren."
„Und warum versuchen wir nicht selbst davon zu profitieren? Entführen wir sie und nutzen die Technik für uns.", rief ein anderer.
Auch hier hatte der Kanzler sofort die entsprechende Antwort parat. „Kommt nicht in Frage. Erstens soll so ein klimaschädliches Gerät niemals wieder europäischen Boden betreten und zweitens ist das Ding kaum unter Kontrolle zu bringen. Etliche unserer tapferen Soldaten sind dabei gefallen und die Amerikaner verloren ebenfalls genug Leute."
„Ich hörte, irgendein religiöser Spinner in der NRA hat ein Kopfgeld auf die Maschine ausgesetzt?", wandte jemand ein.
„Soll er doch", zischte Mittelstädt. „Leider hat es auch einigen unserer Bürger das Maul wässrig gemacht. Die Zahl der Ausreiseversuche ist sprunghaft angestiegen. Aber so gut wie alle konnten vereitelt werden. Zudem ist ein schlagkräftiger Trupp unterwegs, um die NRA-Schiffe zu verfolgen und das Kapitel Skyla ein für alle Mal zu beenden."
Frenetischer Jubel erklang, nur die drei Oppositionellen enthielten sich und verließen als Erste die Sitzung.

Skyla konnte nach wir vor nur durch ihr Gehör wahr-
nehmen, was um sie herum geschah. Zuerst klang es,
als würde eine Gruppensexparty stattfinden und der
Tupolew stand unweigerlich das Bild einer rolligen
Katze vor Augen. Schade, dass sie nicht zuschauen
konnte. Frauen und Männer, die ihren Hintern nach
oben streckten und nach der nächsten Runde flehten.
Aber eigentlich wollte sie Derartiges nicht in ihrer
Nähe haben, schließlich sahen menschliche Genitalien
wie radioaktives Obst vom Mars aus.
Danach jedoch folgte eine Schießerei und raue Stimmen, offenbar tauchte ein Kommando auf und beendete die Feier vorzeitig. Skyla verkrampfte sich und
wimmerte leise, als die Kugeln dicht an ihr vorbei-
zischten. Sie hatte großes Glück, kein Querschläger
traf sie und nur wenige Minuten später war der Spuk
wieder vorbei. Schleifende Geräusche verrieten ihr,
dass Leichen übers Deck gezerrt und von Bord geworfen wurden.
Menschen, wie ich sie hasse, dachte Skyla. Eine sex-
besessene und brutale Spezies, die stets nur eines der
beiden Dinge im Kopf hatte. Kein Wunder, wenn sie
nun 12 Milliarden zählten, sich gegenseitig das Wasser wegsoffen und den Planeten in ein einziges, gigan-
tisches Klo verwandelten.
Lust und Gewalt waren das Paradies der menschlichen
Seele, daran hatte sich seit Urzeiten nichts geändert.
Die wenigen Ausnahmen konnte man an einer Hand
abzählen und auf jeden anständigen Menschen kam
mindestens eine Million Idioten.
Warum nur hatte sie sich nicht schlagkräftigere Waffen von Dr. Cosack montieren lassen? Dann müsste
sie nicht hier in Ungewissheit ausharren.

Zunehmender Seegang schreckte sie hoch. Der vermaledeite Kahn schaukelte immer stärker und sie konnte kaum noch das Gleichgewicht halten. Die Ketten verhinderten zwar, dass sie wegrollte, dennoch ruckte sie ständig mehrere Dezimeter vor und zurück, was sehr unangenehm war.
Am liebsten hätte sie laut geflucht, was jedoch aufgrund des Knebels nicht möglich war.

Billy wollte Shirley erneut verwöhnen, doch die Kanadierin war diesmal nicht in Stimmung. Gespannt wartete sie, bis es draußen still wurde, um nach dem Flugzeug zu schauen. Hoffentlich hatten die Deppen sie mit ihren Schießprügeln nicht beschädigt.
Sie küsste Billy auf die Wange und trat dann zur Tür.
„Ich geh mal zu der Tupolew. Kommst du mit?"
Ohne auf eine Antwort zu warten, huschte sie an Deck und schlug entsetzt die Hand vor den Mund. Hier sah es aus wie in einem Schlachthof. Überall gefrorenes Blut, auch unter der Maschine, worauf sie kurz zusammenfuhr. Hoffentlich keine Hydraulikflüssigkeit, die eine ähnliche Farbe aufwies. Schnell bückte sie sich, nahm etwas mit der Fingerspitze auf und schnupperte daran. „Puh, kein Öl."
Sie wischte den Finger an einem Fetzen Stoff sauber und rief sich ins Gedächtnis, dass das Hydrauliköl einer Tu-154 erst bei unter -60 Grad gefror, die Temperatur hier an Deck aber erst gefühlte -20 Grad betrug.
„Was haben Sie hier zu suchen?", knurrte eine raue, unfreundliche Stimme. Shirley drehte sich um und erblickte einen Soldaten mit gezogener Waffe hinter sich stehend.

„Ich ähm... überprüfe, ob das Flugzeug Schaden genommen hat. Schließlich soll es unversehrt ankommen, nicht wahr?“

Die Ausrede war ihr gerade noch rechtzeitig eingefallen. Der Uniformierte musterte die Frau gründlich. Sie sah adrett gekleidet aus und mit ihren kinnlangen, kastanienbraunen Haaren konnte sie als hübsch bezeichnet werden. Sie gehörte sicherlich nicht zu dem wilden Haufen Freaks, die tatsächlich gewagt hatten, das Lastschiff in Beschlag zu nehmen. Zwar half die Bande tatkräftig bei Skylas Gefangennahme, aber das musste ja keiner wissen. Außerdem konnten sie sich so die Überfahrt verdienen, auch wenn er am liebsten alle den Fischen vorgeworfen hätte. Oder den Eisbären. In einiger Entfernung sah er eines der großen Raubtiere im Wasser schwimmen und sich über einen menschlichen Kadaver hermachen.

„In Ordnung, Sie dürfen“, meinte er nun etwas freundlicher zu Shirley und zog sich zurück. Die Kanadierin ging auf Skyla zu und betrachtete sie von allen Seiten. Schaute nicht so aus, als wäre sie bei der Ballerei getroffen wurden, aber vielleicht konnte sie es ihr auch selbst sagen. Dazu müsste aber der Knebel runter, der mit zwei Seilen, die um den Kopf des Flugzeugs liefen, festgebunden war. Vorsichtig zupfte sie daran und nahm schnell ihre Hand zurück, als die Tupolew laut schnaubte.

Das Ding saß fest und war nur mit einem Messer oder einem anderen scharfen Gegenstand zu lösen. Leider trug sie derartiges Equipment nicht bei sich, aber vielleicht besaß Billy etwas dergleichen. Und war es überhaupt den Soldaten rechtens, wenn sie den schwer aussehenden Sandsack aus Skylas Mund nahm?

Vielleicht war etwas Bestechung notwendig, oder die entsprechenden Worte.

„Ist sie nicht ein prachtvolles U-Boot?", fragte Dr. Cosack Komodo, als sie das auf einer Schiene ruhende, knapp dreißig Meter lange Tauchboot betrachteten. Sie schimmerte mattschwarz und die gegen Scanner schützende Schuppenbeschichtung verlieh der Oberfläche einen irisierenden Glanz. Die schlanke, an einen Delfin erinnernde Grundform wurde durch eine Aluminiumkeramikkuppel ergänzt, welche den Wohnbereich sowie die Brücke des Bootes beinhaltete.

„Ja, sie ist wunderschön", antwortete Komodo und strich über die kalte, seidige Oberfläche. Eine spezielle Lotuseffektbeschichtung verringerte den Reibungskoeffizienten und sorgte für einen beachtlichen Geschwindigkeitszuwachs. „Können wir hineingehen?"

„Natürlich", Dr. Cosack breitete, sichtlich stolz, die Arme aus. „Die Brennstoffzellen kommen dank der leistungsfähigen Speicherbänke, welche Wasserstoff und Sauerstoff erzeugen, sowie dem Brennstoffvorrat, auf eine Reichweite von fünfundvierzig Tagen. Was mehr als genug Zeit für die Reise ist." Die beiden Eispiraten kletterten über eine Leiter auf die Baphomet 3 und betraten dann den Wohn- und Brückenbereich. Klare Linien in Bronze sorgten für eine Art-Déco-Gemütlichkeit und die Messinginstrumente kontrastierten stark mit dem hochmodernen Interface. Die Mischung aus fast vorsintflutartiger Technik und dem Modernsten was Dr. Cosack zusammenbauen konnte, sorgte für ein einzigartiges Flair. Komodo nahm in dem bequemen Sessel Platz, der vor dem

Hauptholoschirm stand und legte die Hände um die kühlen Steuerinstrumente.

„Hier ist der Hauptschalter", erklärte Dr. Cosack mit einem Fingerzeig auf einen Messinghebel, „der Rest des Interfaces ist selbsterklärend. Sie haben hier die Hebel für Schub und die Steuerung. Das übrige läuft digital. Arbeiten Sie sich ruhig schon mal ein, ich habe ein Tutorial programmiert. Und ansonsten fragen sie Nautica, die Bord KI. Sie wird Ihnen bei allem helfen können."

„Klasse, Cosack. Sie haben sich wieder einmal selbst übertroffen."

„Ach nicht doch. Wenn Sie sich mit der Steuerung vertraut gemacht haben, dann können Sie ja mal eine kleine Spritztour unternehmen. Einfach mal ein Gefühl für das Schätzchen bekommen."

„Das werde ich tun", murmelte Komodo, konzentriert auf das Holodisplay starrend. Cosack ließ den Österreicher mit seinem neuen Spielzeug alleine und verließ den Hangar. Er ging in eine Lagerhalle einige Meter weiter und betrat einen dunklen, mit Kisten vollgestellten Raum. Er schaltete das Licht an. Einige Schritte weiter hinein, tippte ihm auf einmal jemand auf die Schulter. Cosack erschrak zutiefst.

„Was zur…", rief er und drehte sich schnell um. Hinter ihm stand Infiltration Bot. „Meine Güte, hast du mich erschreckt!"

„Berichte, Tarnmodus zufriedenstellend", sagte der Robo Master. „Infiltration erfolgreich. Infiltration Bot ist einsatzbereit."

„Sehr gut", nickte Cosack, „wo sind die anderen beiden?"

„Hinter Ihnen, Doktor"; erwiderte der Robo Master

und schaltete seine Tarnung ein. Er verschwamm und wurde praktisch unsichtbar. Nur eine leichte Kräuselung im Raum verriet, wo er stand.
Cosack drehte sich um und tatsächlich standen Silent Breakthrough und Solid State vor ihm.
„Wir sind auf alles vorbereitet", sagte Silent Breakthrough und Solid State nickte. Er fuchtelte mit dem rechten Arm herum und richtete die Gauskanone auf verschiedene Kisten.
„Bereit zu zerstören und zu vernichten", schnarrte er. „Testlauf genehmigen?"
„Was? Oh ja, natürlich, aber zerstöre nicht zu viel…", sagte Dr. Cosack und konnte den Satz kaum beenden, als Solid State herumfuhr und mit seiner Minigauskanone auf diverse Kisten schoss. Die auf zweifache Schallgeschwindigkeit beschleunigten Projektile schlugen nicht nur in die Ziele ein, sondern pulverisierten sie förmlich. Die rohe Gewalt der Waffe war beängstigend und faszinierend zugleich. Dr. Cosack grinste zufrieden.
„Hervorragend. Robo Master, ich bin sehr zufrieden. Ich bin voller Zuversicht, dass wir Skyla retten werden können."

„Missionsparameter aktualisiert. Skyla retten und dabei alles plattmachen", meldete sich Silent Breakthrough zu Wort.
„Genau", nickte Cosack. „Wir werden morgen aufbrechen. Ihr kommt für die Überfahrt in die NRA in das Ausrüstungsabteil und werdet im Energiesparmodus verbleiben."
„Aye, Sir", erwiderten die Robo Master unisono.
„Sehr schön." Der Russe nickte und verließ die La-

gerhalle. Er machte sich auf den Weg durch die Basis.
„Base KI, wo sind die anderen?", fragte er.
„Kira, Hagelstolz und Siebeck befinden sich in der
Kantine und essen etwas. Silas befindet sich in seinem
Zimmer und hört Musik."
„Ah gut, danke", erwiderte der Doktor und erreichte
die Kantine nach kurzer Zeit. Trotz der Größe der
Station waren die wichtigen Einrichtungen nah beiei-
nander. Die Tür glitt auf und Cosack betrat die Kanti-
ne. Die drei neuen Eispiraten saßen an einem Tisch
zusammen und ließen sich von der Kantinen-KI zube-
reiteten Lachs in Senf-Wasabisauce mit Algensalat
und Reis schmecken. Hagelstolz schob sich einen
Bissen in den Mund und keuchte dann, als das feurige
Aroma seine Nebenhöhlen durchputzte. Die ätheri-
schen Öle und die Schärfe trieben ihm die Tränen in
die Augen und schnell trank er einen Schluck eiskaltes
Antarktiswasser. Doch anstatt zu helfen, verteilte das
Wasser die scharfen Aromen im Mund und sorgte
somit für ein noch eindrücklicheres Erlebnis.
Kira blickte amüsiert ihrem Freund ins hochrote Gesicht. Dann sah sie auf, als Dr. Cosack an den Tisch
trat.

„Ah, wie ich sehe, haben Sie den würzigen Fisch be-
stellt, Hagelstolz", sagte der Doktor.
„Würzig?", keuchte der Schwede, „das ist eine chemi-
sche Waffe, was Ihre KI da zusammengemixt hat."
„Nun, mir schmeckt es", steuerte Kira ihren Stand-
punkt dem Gespräch bei. Die junge Frau aß regelmäßig Sushi und war japanische Schärfegrade gewohnt.
Sie schob sich einen weiteren Bissen in den Mund und
lächelte dann. „Mhm, lecker."

Hagelstolz blickte, immer noch keuchend, gleichermaßen fasziniert wie verwundert auf seine Freundin. „Dass du das einfach so essen kannst“, meinte er dann.
„Alles eine Frage der Technik“, erklärte Kira grinsend. Siebeck hatte währenddessen seine Portion vertilgt und widmete sich nun seinem Wasserglas.
„Was ist eigentlich mit Rasmus?“, fragte er sodann.
„Den habe ich jetzt einige Tage nicht gesehen.“
„Nun“, brummte Dr. Cosack und verschränkte die Arme. „Rasmus hat es für eine gute Idee gehalten mich ermorden zu wollen. Dem haben meine Robo Master einen Strich durch die Rechnung gemacht. Leider hat er das nicht überlebt.“
„Was?“, blickte Kira entsetzt auf. Soviel Tod sie in letzter Zeit auch gesehen hatte, bestürzte sie es dennoch immer noch, wenn jemand starb.
„Er hat es sich selbst zuzuschreiben, Kira“, führte der Doktor weiter aus. „Ich konnte praktisch nichts machen. Sehen Sie hier“, er schob den Ärmel hoch. Eine mit Wundkleber und Klammern versorgte, fünfzehn Zentimeter lange, tiefe Wunde kam zum Vorschein.
„Hier am Bauch hab ich nochmal so eine. Ich hatte wirklich Glück.“
„Scheiße“, fluchte die Wissenschaftlerin. „Warum hat er das getan?“
„Nun, für ihn bin ich der Feind, den er mit allen Mitteln ausschalten muss. Zumindest war das so. Ich glaube nicht, dass sterile Aschehäufchen noch zu viel Antipathie fähig sind.“
„Schrecklich!“, rief Kira und stand auf. Sie verließ die Kantine, um nachzudenken.
Hagelstolz und Siebeck blickten auf den Ingenieur.

„Was soll das?", fragte dann Hagelstolz. „Sie könnten ruhig etwas sensibler mit ihr umgehen. Sie ist die ganze Gewalt nicht gewohnt."

„Tut mir leid. Ich wollte nur ehrlich sein. Wissen Sie, ich habe einen Funkscan durchgeführt und habe das hier oben im Schnee gefunden." Cosack hielt ein Smartphone hoch. „Er hat den Standort der Basis verraten. Mit so einem wäre eine friedliche Koexistenz sowieso unmöglich gewesen. Wenn es nach ihm gegangen wäre, dann wären wir alle jetzt tot. Opfer der NRA."

„Ich sympathisiere ja mit Ihnen und Ihrer Sache, Doc. Aber meine Prioritäten sind eigentlich ganz klar strukturiert. Momentan ist das wichtigste Kira. Und da sie sich entschlossen hat, fürderhin auf Ihrer Seite zu kämpfen, bin ich ebenfalls auf Ihrer Seite. Außerdem, nachdem was hier in der Antarktis passiert ist, können Siebeck und ich eh nicht mehr zurück in die VSE."

„Ja, verstehe ich. Wie weit kann ich Ihnen trauen, Hagelstolz?", fragte der Russe dann.

„Mir? Mir ist komplett zu vertrauen. Ich habe loyal für die VSE gekämpft. In Afrika und in den Wasserkriegen. Dass sich das nun geändert hat, hat keine weiteren Auswirkungen auf meine Loyalität Ihrer Sache gegenüber, Doc. Ich werde, mit Ihrer Erlaubnis, weiterhin an Kiras und Ihrer Seite stehen. Ich denke hier kann ich endlich etwas bewirken. Etwas Sinnvolles mit meinen Fähigkeiten anfangen."

„Ich ebenfalls", teilte nun auch Siebeck mit. „Zu Hause in der VSE erwartet mich nichts, außer Durst und Elend. Ich bleibe auch hier."

„Das ist schön zu hören", sagte Dr. Cosack. „Dann

kommen Sie mal mit. Ich habe Ihre Ausrüstung fertig.
Ich denke, Sie werden damit einiges anfangen kön-
nen."
Der Konstrukteur führte die beiden Männer in einen
Raum, in welchem sich viele hundert Gegenstände
stapelten. Waffen hingen in Reih und Glied an der
Wand und Kiste um Kiste Munition stand herum.
Cosack ging zum Tisch, auf dem einige Ausrüstungs-
gegenstände lagen.
„Hier habe ich Ihre neuen Ausweise, hier Bank- und
Kreditkarten und noch etwas Bargeld", fing der Doc
an. „Dann habe ich hier einen Scrambler und einen
Autohacker für Smartphones. Sie richten es einfach
auf jemanden und das Gerät führt automatisch einen
Brute-Force-Angriff aus."
„Auch kann die KI, dank Zugriff auf den Quanten-
computer hier in der Basis, die Quantenüberlegenheit
ausnutzen, um jegliche modernen Verschlüsselungen
und Passwörter zu knacken. Dann habe ich hier eine
Keycard. Ich nenne sie die immer passende Keycard."
Dr. Cosack wedelte mit einer normalen Magnetstrei-
fenkarte mit integriertem Chip herum. „Sie ziehen sie
einfach durch den Leser und die Programmierung der
Karte gibt immer eine positive Meldung aus. Damit
kommen Sie durch alle Türen!"
„Nice, Doc", machte Siebeck und betrachtete die Karte genauer. Sie wirkte ganz normal.
„Dann habe ich hier Gas- und Rauchgranaten, eine
USP 2.4 mit erweitertem Magazin mit Hohlspitz- und
Explosivmunition. Die Globgranate hier versprüht
einen Schaum, welcher binnen Sekunden aushärtet
und jeden, der damit in Kontakt kommt, zuverlässig
festklebt. Hier sind speziell für Sie produzierte

schusssichere Overalls, die Sie unter Ihrer normalen Kleidung tragen werden. Ohrstöpsel für Funk untereinander. Die Gasgranaten sind mit Schlafgas bestückt. Eine in eine Menschenmenge geworfen und Ruckzuck sind alle bewusstlos. Hier spezielle Gasfilter für die Nase…“

Cosack fuhr noch eine ganze Weile damit fort, Hagelstolz und Siebeck mit Ausrüstungsgegenständen bekannt zu machen.

Kira saß in ihrem Zimmer auf dem Bett. Gewissensbisse plagten sie. Sie wusste nicht mehr, was sie eigentlich wollte. Einerseits waren ihr die Eispiraten immer sympathischer geworden, andererseits gab es so viel Tod, Leid und Zerstörung. Und da sie Skyla geholfen hatte, konnte sie auch nie mehr zurück in die VSE. Sie würde ihre Eltern nie mehr sehen. Bedrückt ließ sie den Kopf hängen. Dann, nach sorgfältiger Überlegung, fasste sie einen Entschluss. Es ging vorwärts und nicht rückwärts und die Eispiraten waren vielleicht genau die Gelegenheit etwas auf der Welt zu verändern. Etwas für die Besserung der Welt zu tun. Sie wollte die Natur erhalten und den Raubbau stoppen. „Wäre ich doch nur in der Lage. Aber die Asteroiden sind weit weg.“

Kira trat durch die Tür zu Hagelstolz und Siebeck, die ihre neusten technischen Gadgets ausprobierten.

„Hi“, sagte sie. „Retten wir jetzt Skyla oder wollen wir hier weiterhin rumgammeln?“

„Morgen geht’s los, Süße“, antwortete Hagelstolz.

King Raptors Reparatur dauerte hingegen noch einige Zeit, da er sehr schwer beschädigt worden war. Er benötigte unter anderem ein komplett neues Fahrwerk, welches im 3D-Drucker erzeugt und von Wartungs-

drohnen montiert wurde. Auch die beiden Seitenleitwerke und ein Triebwerk mussten ersetzt werden.
Dr. Cosack trat hinzu, um den Vorgang zu überprüfen.
„King, wie fühlst du dich?"
„Es geht", gab dieser zurück. „Schmerzen wie Skyla
damals spüre ich keine, dennoch ist es irgendwie komisch. Wie ein leichtes Druckgefühl."
Der Doktor war erstaunt, sah er hier doch die Weiter-
entwicklung einer KI direkt in Echtzeit. Es würde aber
noch dauern, bis Skylas Niveau erreicht war. Auch
aus diesem Grund hatte er die beiden Bodyguards
konstruiert, damit sie ständigen Kontakt mit ihr haben
und sich dabei weiterentwickeln konnten. Auf eine
analoge Technik verzichtete er hingegen, zu groß das
Risiko, etwas verkehrt zu machen.
„King, was hältst du von mehr Panzerung und besse-
rer Bewaffnung`?", fragte der Doc den Kampfflieger.
So könnte er die für die Tupolew gedachten Verbesserungen direkt testen.

King Raptor war Feuer und Flamme. „Ja, her damit.
Ich will endlich Skyla befreien, schließlich hat sie sich
für mich geopfert."
„Wir wollen auch", tönte es zweistimmig. Fire Storm
und Spark Shock konnten es ebenfalls kaum erwarten.
„Es dauert sicher noch einen Tag oder zwei", meinte
Dr. Cosack. „Solange müsst ihr euch gedulden. Dann
aber seid ihr schneller als alle anderen dort. Ich werde
auch das Cockpit modifizieren lassen, damit ihr beide
hineinpasst. Steuerknüppel und dergleichen können
raus, die braucht niemand mehr."

Shirley Lightoller schirmte ihre Augen mit den Hän-

den ab, um sich vor dem peitschenden Graupelschauer
zu schützen. Der Sturm wies Orkanstärke auf und
blies die Gischt übers Deck, zudem schwankte der
Kahn stark. Skyla traf es besonders hart, sie war den
Unbilden des Wetters hilflos ausgeliefert und mehrere
Eiszapfen hingen an ihrem Kinn herab.
Die Kanadierin überlegte immer noch, wie sie das
dicke Seil vom Kopf der Tupolew lösen konnte und
schimpfte dabei leise vor sich hin, weil Billy sich
nicht blicken ließ. Wenn die Kopfgeldjägerin das Geld
haben wollte, sollte sie gefälligst auch etwas dafür
tun.
Vor sich hin brummend ging sie hinein, um von ihr
ein Messer zu erbitten.
Miguel war es unterdessen gelungen, zu Achmeds
Arrestzelle vorzudringen. Da abgeschlossen und der
Schlüssel über Bord geworfen wurde, hielt es keiner
für nötig, eine Wache aufzustellen.
„Doomhammer hat mich gefragt, ob ich dich befreien
soll, Achmed. Wie wär's?“
Der Wrestler langte an seine schmerzende Beule, die
Hühnereiausmaße angenommen hatte, verkniff sich
jedoch jeden Schmerzlaut. „Du? Kannst du mich echt
rauslassen?“
Miguel kicherte. „Klar. Doomhammer hat sogar schon
den perfekten Plan.“
„Was willst du dafür?“, knurrte Achmed.
„Die Hälfte von deiner Belohnung“, kam ohne Um-
schweife zurück. „Und einen Kuss für Doomhammer.“
Der hat nicht nur eine Schraube locker, dachte sich
der Iraner. Aber wenn er mir hilft, gerne. „Okay“, gab
er schließlich seine Zustimmung.

Mit einem Mal ging laute Rockmusik an, ein Song, in dem auch geschossen wurde. Miguel streichelte seine Waffe und hielt sie ans Türschloss. „Geh in Deckung, Achmed.“

Dann knallte es und der Schließzylinder zerbröselte in kleine Schnipsel.

Schnell huschte Achmed heraus, zusammen schlichen sich beide durch die verwinkelten Gänge des Schiffes davon. Erst nach mehreren Minuten endete die Musik. Bisher bemerkte niemand etwas. Die meisten Soldaten befanden sich in ihren Kabinen.

„Ich weiß auch schon, wo wir uns verstecken“, sagte Miguel und zog den ahnungslosen Wrestler hinter sich her, bis sie eine Leiter erreichten, die an Deck führte. Sie kletterten diese hoch und fanden sich inmitten eines Unwetters wieder.

„Was für ein Sauwetter“, schmollte Achmed. „Daheim gibt es sowas nicht.“

Miguel grinste. „Wo Doomhammer und ich herkommen, schon, nur nicht so kalt. Guck, da vorne ist dieses Flugzeug. Stellen wir uns unter seine Tragfläche.“

Sie taten es und Skyla bemerkte es nicht, da der Sturm so laut heulte, dass sich niemand sonst an Deck traute. Langsam ließ das schlechte Wetter nach und auch der Wellengang wurde geringer. Der Himmel riss auf und erste Sonnenstrahlen drangen hervor. Achmed stand auf und streckte sich, ehe er ein Stück nach hinten ging, um Skyla im Ganzen zu betrachten. Dabei huschte ein seltsamer Ausdruck über sein Gesicht, als er die ganzen Seile, Ketten und den Knebel sah, mit denen die Tupolew gefesselt war.

„Das ist ja eine regelrechte Bondage hier“, meinte er. „Und irgendwie anregend.“

„Jetzt stelle dir mal ein Hogtie oder Strappado mit ihr vor“, witzelte Miguel. „Wobei das gehen müsste. Man bindet Seile an ihre Tragflächen und den Rumpf und zieht sie so nach oben, dass das Bugrad in der Luft hängt, aber das Hauptfahrwerk noch auf dem Boden steht.“

„Das Spanking nicht vergessen“, fügte Achmed hinzu und lauschte dann. „Ich glaub da kommt jemand. Wir sollten uns verdünnisieren.“

Jetzt vernahm auch Miguel schwere Schritte, die immer näherkamen. „Schnell, klettern wir in die Fahrwerksschächte. Ich hier, du auf der anderen Seite.“ Der Brasilianer war schlank und wendig, so gelang es ihm sehr schnell, in den Hohlraum zu steigen. Achmed hingegen hatte aufgrund seiner Muskelberge Schwierigkeiten, zumal Skyla, die sich bisher still verhielt, zu zucken anfing. Gleichzeitig stieß sie gedämpfte Klagelaute aus.

„Verdammt, ich komme hier nicht rein“, schimpfte der Wrestler und machte sich bereit, dem Ankömmling eins auf die Glocke zu geben. Es war jedoch kein Soldat wie von ihm befürchtet, sondern ein Mann, der eine Kameraausrüstung trug. „Du da, hilf mir mal“, wies er Achmed an.

Der kam näher. „Was soll das werden?“

„Ich werde Bilder und Filme von dem Flugzeug anfertigen und sie an Henricus senden, damit er sieht, dass der Auftrag erfüllt wurde. Gut wäre auch, wenn wir zeigen können, dass die Maschine wirklich Empfindungen besitzt.“

„Na die murrt ja schon ganz schön“, meinte der Wrestler, verschwieg jedoch, dass Miguels Gekletter die Ursache war. Er half beim Aufbau des Stativs und stellte sich dann vor der Tupolew in Pose, dabei seinen mächtigen Bizeps anspannend. „Mach ein schönes Foto von mir, das ich mir zuhause einrahmen kann."

„Meinetwegen", erwiderte der Kameramann und knipste ein paar Mal. „Ich schicke es dir aufs Handy. Nummer bitte."
Achmed gab sie ihm und erhielt sogleich seine gewünschten Bilder.
„So", sagte der Fremde. „Jetzt ein Film. Geh am besten zu dem Flugzeug und fasse es an, meinetwegen auch mal draufhauen. Es soll Schmerz oder Abwehrzeichen zeigen."
Achmed grinste, trat an Skyla heran und begann, mit seinen fettigen, vernarbten Pranken an ihrem Bauch herumzustreichen. Die Tupolew genoss es definitiv nicht, angetatscht zu werden und zeigte es entsprechend. Sie zuckte zusammen und schrie leise auf.
„Sehr gut, sehr gut", lobte der Kameramann. „Das wird Henricus gefallen. Jetzt schlage sie."
Achmeds Gesicht glühte freudig auf und er führte die Anweisung sofort aus, worauf Skylas Schreie etwas lauter wurden, jedoch immer noch gedämpft klangen. Weitere Aufnahmen wurden gemacht, unter anderem von ihrem Kopf und besonders von dem Knebel. Nach einigen Stunden waren sie fertig, bauten die Ausrüstung ab und verschwanden.
Shirley schaute aus dem Bullauge und erkannte, dass das Wetter besser wurde. Sie wandte sich an Billy, die auf ihrem Bett lümmelte. „Hilft du mir, der Maschine den Knebel zu entfernen?"

„Aber was ist mit dem ganzen Geld?", protestierte
Mike Glanahan. Der ursprünglich von Iren abstam-
mende Amerikaner hatte, kleinkrämerisch, wie er war,
das Geld im Blick.
„Scheiß auf das Geld. Dieses, dieses…. Ding da draußen, ist eine Monstrosität, eine Abscheulichkeit unter
den Augen Gottes. Es muss vernichtet und gereinigt
werden. Der Dämon der es befallen hat muss ausge-
trieben und der Gegenstand der es beherbergte, ver-
dorben bis ins Mark, den heiligen Flammen zur Läute-
rung übergeben werden. Und zwar nicht später, sondern sofort." Die Frau in mittleren Jahren, leichte
graue Strähnen zeichneten sich in ihrem einstmals
schwarzen Haar ab, ging zu ihrem Partner und schubste ihn gegen die Wand.
„Es ist unsere heilige Pflicht!", bekräftigte sie ihre
Worte und schlug Mike ins Gesicht.

„Tu was ich dir sage, die Einkehr ins Paradies auf
Erden wird dein Lohn sein. Was sollen wir mit Geld,
wenn unsere unsterblichen Seelen in Gefahr sind für
immer aus dem Lichte Gottes zu treten und einen Pfad
voller Dunkelheit in die tiefsten Tiefen der Hölle hinab zu schlittern." Sie schlug gegen die Stahlwand der
Kabine. „Ist es nicht so, dass der sündige Mensch,
eine weitere, größere Sünde begangen hat in seinem
Streben danach Gott gleich zu sein? Was mit dem
Apfel der Erkenntnis begann findet hier in der Schaf-
fung von KI, von einer empfindsamen, sich selbst
bewussten künstlichen Intelligenz seinen Gipfel. Diese Unverfrorenheit, diese Gotteslästerung darf nicht
weiterhin existieren. Oder Gott wird die ganze Welt in
Dunkelheit stürzen. Willst du dem Teufel den

Schwanz lutschen? Also ich nicht."

„Du hast natürlich Recht", antwortete Mike einge-
schüchtert. „Tut mir leid."

„Ist schon gut, Schatz", antwortete die Frau und strich
ihm über das Gesicht. „Du weißt es halt noch nicht
besser. So und jetzt komm her und nimm mich auf
diesem Bett hier. Ich brauche deine starken Arme.
deinen starken Körper." Die Frau entledigte sich ihrer
Kleider und setzte sich mit einem lasziven Blick auf
die Bettkante. Mike zog sich aus und ging zu ihr hin
und küsste sie.

„Ja, sei ein guter Sohn", murmelte die Frau.

„Ja Mama."

Einige Zeit später schlichen die beiden AKIA-
Anhänger aus der Kabine an Deck des Schiffes. Es
war Nacht. Das Deck war rutschig und von einem
dicken Eispanzer aus gefrorenem Blut und Graupel
bedeckt. Sie schlitterten über das Eis und schleppten
die schweren Kanister mit sich. Sie kamen an der
Tupolew-154M an. Mike starrte das riesige, dreistrah-
lige Flugzeug an. Nur deshalb waren sie hier in der
Antarktis. Um diese widerliche Unheiligkeit zu vernichten. Sie machten sich an den Kanistern zu schaffen und schon floss das mitgebrachte Benzin über die
Reifen und das Landefahrwerk. Gwen ließ sich von
Mike auf die Tragfläche helfen und sie kletterte, während die Tupolew sich wehrte, über den Flügel zu den
Triebwerken, in welche die schweren Säcke gestopft
worden waren. Sie tränkte das Ganze in Benzin und
präparierte einen nach dem anderen. Dann rutschte sie
wieder hinab aufs Deck und ging nach vorne.

„Jetzt werden wir noch die Säcke vor den Frontschei-
ben tränken und dann den Knebel in ihrer Frontklap-

pe. Das wird ein schönes Feuerchen. Und da sie ja
fühlt, brennen wir ihr die Augen und den Mund weg."
„Ja Mum", antwortete Mike und half Gwen dabei.
Dann standen sie zufrieden vor dem Flugzeug.
„Hey, du Miststück", rief Gwen. „Du dämonische
Ausgeburt des Teufels. Gleich wirst du brennen.
Gleich kommst du in die Hölle, aus der du geflohen
bist. Satan wird sich sicherlich freuen dich zurück zu
haben. Vielleicht steckt er dich ja in einen brennenden
Schwefelsee. Nun denn, wisse, das die Klingen der
Reinheit der menschlichen Rasse, deinen Niedergang
verursacht haben. Und jetzt, BRENNE!" Sie schrie
das letzte Wort und zündete eine Magnesiumfackel.
Sie holte aus und wollte sie Skyla zwischen die Augen
werfen, als sie plötzlich einen stechenden Schmerz im
Rücken spürte. Auf einmal gaben ihre Knie unter ihr
nach. Dann brach sie zusammen und wurde ohnmäch-
tig.
„Und das, meine liebe Shirley, ist ein Nierenstich",
erklärte Billy und wischte das große Bowiemesser an
der Kleidung der Tussi ab. „Sofortige Ohnmacht und
Verbluten innerhalb weniger Minuten."
Mike starrte entsetzt auf seine am Boden liegende
Mutter. Die Magnesiumfackel war unter ihr Gesicht
gerutscht und schmolz ihr dieses jetzt von den Kno-
chen. Ein ekelhaft süßlicher Geruch nach brennen-
dem, schmelzendem, menschlichem Fleisch waberte
nach oben. Der fettige Rauch setzte sich auf Mikes
Schleimhäute und fast dachte er, er müsste ersticken.
Voller Unglaubens war er nicht in der Lage sich zu
bewegen, als die junge Frau mit den harten Gesichts-
zügen auf ihn zukam und ihm das Messer über die
Kehle zog. Der Schmerz riss ihn zurück in die Wirk-

lichkeit, doch zu spät. Die linke Halsschlagader war aufgeschnitten worden und auch die Luftröhre hatte etwas abbekommen. Blut spritze aus der Wunde und blutiger Schaum bildete sich. Mikes Körper verließ alle Kraft und er stürzte zu Boden.

„Das kann doch alles nicht wahr sein", dachte er und hielt sich den Hals. Langsam erstickend gurgelte er sein eigenes Blut und hustete krampfhaft. Der Todeskampf zog sich über Minuten hin und endlich, Shirley sehnte es herbei, so schrecklich fand sie das Sterben des jungen Mannes, wurde Mike ruhig. Er war tot.

Billy war unterdessen zu Skyla getreten und trennte das Seil durch, mit welchem der Knebel in der Frontklappe fixiert wurde. Das Flugzeug, von den Geräuschen der letzten Minuten zitternd, spuckte den Knebel aus. Dann schnitt Billy auch die Säcke vor den Augen der Maschine weg, sodass diese sie sehen konnte.

„Tada", machte Billy und präsentierte das Flugzeug. Shirley kam näher heran, etwas unsicher auf den Füßen. Das mochte am Eis oder an dem eben Erlebten liegen. Dann stand sie vor der Tupolew.

„Hallo. Ich bin Shirley. Ich glaube wir kennen uns noch nicht. Du bist wohl Skyla."

„Ja... ich...", stammelte die Tupolew, die erst einmal die letzten Erlebnisse sacken lassen musste und nicht sofort erkannte, was man von ihr wollte. Schließlich öffnete sie ihre Augen und erblickte zwei Frauen vor sich stehen. Die eine schien Mitte bis Ende 30 zu sein, hatte braunes, kurzes Haar und ein freundliches Gesicht, welches sie an Kira erinnerte. Die zweite Person war jünger, wirkte jedoch hart und kalt, was ihr einen Schauer über den Rücken jagte.

Shirley bemerkte recht schnell, dass die Maschine sich fürchtete, und setzte ein aufmunterndes Lächeln auf. „Du brauchst keine Angst zu haben, ich werde dir nichts tun. Meine Kollegin Billy hier auch nicht."
Skyla entspannte sich etwas, dennoch blieb ein ungutes Gefühl zurück. Jetzt sah sie zum ersten Mal den Ort ihrer Gefangenschaft, ein rostiger Lastkahn, umgeben von den Weiten des Meeres. „Verdammt", murmelte sie, als sie ihre Ausweglosigkeit erkannte. Hier war ein Entkommen ausgeschlossen. Ihre beiden Flügelspitzen ragten rechts und links über die Reling und waren mit Eiszapfen bewachsen.
„Die anderen Fesseln können wir dir leider noch nicht abnehmen, da sie zu deiner Sicherheit dienen", sprach Shirley weiter und beeilte sich, die Erklärung anzufügen, als sie Skylas entsetzte Miene wahrnahm. „Sie verhindern, dass du auf dem krängenden Schiff verletzt wirst, davonrollst oder gar über Bord kippst."
Allerdings beschloss sie, nachzuschauen, ob die Seile und Ketten nicht zu eng anlagen und auf der Außenhaut scheuerten. Die meisten Taue waren in der Tat regelrecht festgezurrt und es kaum möglich, die Finger unterzuschieben. Wundgescheuert schien jedenfalls nichts zu sein, allerdings zuckte die Tupolew immer wieder zusammen und schnaubte unwillig.
Shirley trat zurück in das Sichtfeld des Flugzeugs. „Haben dich diese Irren verletzt?", fragte sie mit sanfter Stimme. „Du kannst es mir ruhig sagen, ich versuche dir zu helfen."
Skyla zögerte etwas, ehe sie antwortete. Sie hatte das Gefühl, als klebten Achmeds schmierige Griffel noch immer an ihr, ebenso, wie sie das Gegeifer der beiden Freaks noch in den Ohren vernahm.

„Begrabscht haben sie mich, dann geschlagen und über SM-Praktiken diskutiert", brummte sie. „Die verschwanden dann, bis die beiden anderen kamen und mich verbrennen wollten."

„Okay. Irgendwelche Schussverletzungen?"

„Nein", erwiderte die Tupolew. „Allerdings steckt mir eine Harpune im Bauch und..."

Plötzlich schrie sie auf und versuchte, sich zu bewegen, was aufgrund der Fesselung natürlich kaum möglich war.

Die Kanadierin erschrak ebenfalls. Hatte sie etwa eine Beschädigung übersehen?

„Skyla, was ist?"

„Da steckt etwas in meinem linken Fahrwerksschacht. Aah! Es soll weg!"

Shirley lief geschwind zu der Stelle, nahm ihre Smartkomlampe und leuchtete hinein.

„Da sitzt ein Kerl drin."

Sie stieß Miguel an, der offensichtlich eingeschlafen war.

„Was ist los?", maulte er schlaftrunken. „Doomhammer und ich haben gerade geträumt."

„Mach, dass du rauskommst!", fauchte Shirley. „Du machst sonst noch was kaputt."

Billy schleifte unterdessen die Leichen der beiden Fanatiker über das Deck und beförderte sie ins Wasser, damit niemand Verdacht schöpfen oder sie gar des Mordes bezichtigen konnte. Sie hatte den ersten, brutalen Soldateneinsatz nicht vergessen und verspürte wenig Lust, denen noch einmal zu begegnen.

Sie überlegte, ob sie sich an der Konversation mit der Tupolew beteiligen sollte und behielt zudem die Ein-

gänge im Auge, um unliebsame Besucher auszu-
schließen.
Sie tat sehr gut daran, denn unter Deck warteten weitere Fundamentalisten nur darauf, das Flugzeug allein
vorzufinden.
„Billy, hilf mir bitte mal“, rief die Kanadierin. „Hier
hockt so ein Typ und weigert sich, runterzukommen.“
Sofort war die Kopfgeldjägerin bei ihr, schaute ebenfalls in den Schacht und erblickte den Brasilianer.
„Das ist der Freak mit seinem Pistolenfetisch.“
Sie packte ihn an den Knöcheln. „Raus hier! Oder ich
werde ungemütlich.“
Miguel wollte schon lachend abwinken, da er sich von
einer Frau ganz sicher nichts sagen ließ. Dann aber
schaute er in das ernste, ja geradezu angriffslustige
Gesicht der kampfgestählten Kriegerin und bekam
Muffensausen. Schnell packte er seine Waffe, steckte
sie unter sein Hemd und schlüpfte aus dem Hohlraum.
„Keinen Stress, Süße, ich geh ja schon.“
Billy zückte ihr großes Kampfmesser, doch Miguel
huschte so schnell davon, als wäre der Leibhaftige
persönlich hinter ihm her. Nur Sekundenbruchteile
später war er verschwunden.
„Der wäre weg. Danke Billy“, meinte Shirley und
wandte sich an die Tupolew. „Ist es jetzt besser?“
„Ja.“
Jetzt fühlte sich Skyla etwas mutiger und sie beschloss, nun ebenfalls Fragen zu stellen. „Wohin
bringt ihr mich und was habt ihr mit mir vor?“
„Die AKIA will dich in ihrem Tempel hinrichten, aber
die gute Shirley und ich werden das zu verhindern
wissen“, erläuterte Billy. „Sie ist nämlich eine Sam...“
Weiter kam sie nicht, da die Kanadierin die Hand hob

und ihr bedeutete, leise zu sein. Der Sammlerin war
klar, dass sie dem Flugzeug nicht einfach erzählen
konnte, was sie selbst mit ihm vorhatte. Vorher musste sie erst ihr Vertrauen gewinnen. Zwar schien Skyla
nicht mehr so ängstlich wie noch zuvor, dennoch
klang ihre Stimme nach wie vor etwas zurückhaltend.
Am besten, sie verrieten noch nichts.
„Was ist eine Sam?", hakte die Tupolew nach, der die
plötzliche Stille seltsam vorkam. Auch wenn ihr die
beiden Frauen nach wie vor nicht so recht geheuer
waren und zudem das Vorhaben dieser ominösen Or-
ganisation ausgebreitet wurde, war sie nicht auf den
Kopf gefallen.
Shirley stockte und sie wusste nicht, was sie auf An-
hieb darauf antworten sollte.
„Eine Samariterin", kam ihr Billy zu Hilfe. „Sie ist
eine Samariterin."

„Ja genau", sagte Shirley. „Ich werde mal nach der
Harpune sehen."
Sie begab sich nach hinten und betrachtete die von
unten in das mittlere Triebwerk der Tupolew geramm-
te Waffe, neben der zwei weitere Löcher prangten.
„Das hier scheint die schwerste Verletzung zu sein.
Sieht auch sehr schmerzhaft aus."
„Und ob", bestätigte ihr Skyla. „Das tut ziemlich weh,
wie ein Stachel im Fleisch."
Die Stellen waren ölverschmiert, doch schien sich der
Ölverlust in Grenzen zu halten. Shirley rief sich in
Erinnerung, was sie über Pfählungsverletzungen
wusste. Man sollte, sofern keine professionelle Hilfe
möglich war, den Gegenstand tunlichst in der Wunde
belassen, um ein Verbluten zu verhindern. Bei Skyla

dürfte es ganz ähnlich funktionieren. Sie entschloss sich daher, die Harpune stecken zu lassen, auch wenn es noch tagelange Pein für die Tupolew bedeutet. Vielleicht hatte auch Billy eine Idee.

Hauke Kleinstein, Adjutant des Predigers Henricus, saß zur frühen Nachmittagsstunde an seinem PC und sortierte die ankommenden Mails. Darunter befand sich die lang erhoffte Nachricht des Fotografen von der Tin Lilly, wie das Lastschiff hieß, auf dem die empfindsame KI transportiert wurde. Die Zeitverschiebung betrug etwa elf Stunden. Mit bebenden Fingern öffnete er die mitgeschickten Filme und seine Augen wurden immer größer, als er den Inhalt sah.
„Tatsächlich. Eine fühlende KI. Henricus hat also Recht.“
Es wurde Zeit, den Prediger darüber in Kenntnis zu setzen. Zuvor hatte er ihm sein Mittagessen serviert, Walsteak mit Süßkartoffeln und als Nachtisch gebackene Bananen mit Sahne. Dazu Savannenblut, ein sehr teurer Rotwein aus Afrika. Als er fertig war, rief der Prediger nach Kleinstein, der sofort mit freudiger Miene erschien.
„Sir, es wurde tatsächlich gefunden, wonach Sie suchten.“
„Herzeigen, sofort!“
Gemeinsam sahen sie sich das Video an. „Brillant, Kleinstein, brillant. Ein Flugzeug also. Sicher eines dieser ganz neumodischen Modelle.“
„Sir“, wagte der Diener zu widersprechen. „Das ist eine Tu-154. Sehr altes Muster.“
Henricus klatschte in die Hände. „Womit wir den Beweis haben, dass der Satan seine Finger im Spiel

hat.“

Später befanden sich Henricus und Kleinstein zusammen mit einem Bauarbeitertrupp im Parthenon, wo die Opferung stattfinden sollte. Dazu musste der Eingang des Gebäudes entsprechend angepasst werden, damit das Flugzeug auch im Ganzen durch die Tür passte, denn zerlegt werden sollte es erst im Inneren.
Anders als Präsident Frakes hatte der Prediger auch kein Problem damit, die versprochene Belohnung auszuzahlen. Das Geld würde er anders wieder hereinholen. Beispielsweise dachte er daran, die Posten der Folterer zu versteigern. Wer am meisten bot, durfte die Tupolew bearbeiten.
Auch musste das entsprechende Equipment herbeigeschafft werden, dabei war vorrangig auf nichttödliche Werkzeuge zu setzen, damit sie auch lange ihren Spaß hatten. Bolzenschneider waren unter anderem eine gute Wahl. Henricus rieb sich vor lauter Vorfreude die Hände.

„Wir sollten hier weg!“, sagte Billy eindringlich und zog Shirley von der Tupolew weg. Von der anderen Seite des Schiffes näherten sich Soldaten. Billy und Shirley wichen den Wachen aus und verließen das Deck. In ihrer Kabine angekommen flüsterte Shirley aufgeregt. „Hast du das gesehen, eine echte KI, ein empfindungsfähiges Flugzeug. Ich muss sie unbedingt haben. Wie stellen wir das an?“
Billy überlegte kurz. „Nun, ich sehe nicht viele Möglichkeiten. Wir können schwerlich das ganze Schiff meucheln und dann woanders hinfahren. Vor allem weil es ja GPS-Transponder und Radar und Satelliten

gibt. Wie willst du sie denn, selbst wenn wir sie in unseren Besitz bringen, überhaupt wegschaffen, ohne dass die halbe NRA hinter uns herläuft?"

„Das ist gar nicht so schwer, wie du vielleicht glaubst", antwortete die Sammlerin. „Ich habe überall in der NRA Hangars und werde Skyla dort verstecken, ihr einen neuen Anstrich verpassen und den Transpondercode, sollte sie einen besitzen, ändern beziehungsweise werde ihr einen neuen Transponder einbauen. Damit tarnen wir sie dann als regulären Privatflug und schaffen sie problemlos zu meinem Besitz in den kanadischen Provinzen. Dort wartet ein unterirdischer Hangar auf sie, in dem sie den Rest ihres wunderbaren, künstlichen Lebens verbringen wird."

„Wow, das ist ganz schön hart", merkte Billy an. Gefängnis war zwar etwas, was nur ihrer Beute zustieß, aber sie fand den Gedanken, eingesperrt zu sein, trotzdem schrecklich. Was sie nicht daran hinderte, anderen dergleichen anzutun. Immerhin gab's ordentlich Kohle dafür. Sie zuckte mit den Achseln. Als ob es sie interessierte, was mit so einem blöden Flugzeug geschah. Mit fünf Millionen Dollar konnte sie sich Wasser bis zu ihrem Tod kaufen, so viel, dass sie jeden Tag darin schwimmen konnte.

„Stell dich nicht so an", sagte Shirley. „Es muss eingesammelt und dann beschützt werden, damit es nicht kaputt geht. Es ist einzigartig. Also kommt es in den Keller und dort ist es dann gut aufgehoben. Nie wieder fliegen für dieses Flugzeug."

„Gut aber das löst nicht das Problem, wie wir es aus der Gewalt der Soldaten und der Freaks befreien. Denke nicht, dass die uns einfach einsteigen lassen und wir mir nichts dir nichts davonfliegen können."

Billy rieb sich die Nase und dachte nach. Obwohl, das war vielleicht genau die richtige Idee.

„Was wäre denn, wenn wir in das Flugzeug steigen und sobald wir in der Nähe von etwas sind, einer großen Straße oder ähnlichem, zerstören wir die Ketten und Seile und befreien das Flugzeug von den Sandsäcken und dann starten wir einfach durch. Da wir an Bord sind, können wir einfach die Kontrolle übernehmen und die KI zwingen, unserem Willen zu folgen."

„Mhm", überlegte Shirley. „Das könnte sogar funktionieren. Ich werde in die Pilotenkanzel gehen und das Flugzeug unter Kontrolle halten, während du die Ketten und Sandsäcke entfernst."

„Um die Ketten loszuwerden, werden wir uns Werkzeug besorgen müssen. Vielleicht sogar Sprengstoff, da es schnell gehen muss." Billy machte sich gedanklich Notizen.

„Aber dem Flugzeug darf nichts geschehen dabei", machte Shirley klar.

„Schon klar. Ein anderes Problem, wie kommen wir an Bord?"

„Wir werden uns das Vertrauen von Skyla erschleichen müssen", erwiderte Shirley. „Und ich habe auch schon einen Plan, wie wir das hinkriegen."

Billy Noel Joel schlich durch die Dunkelheit der Schiffskorridore. Es war mitten in der Nacht, sodass die Beleuchtung auf Sparflamme geschaltet war. Zwischen den weit voneinander entfernt liegenden Lampen wartete Schatten und Finsternis darauf, die junge Kopfgeldjägerin zu verschlucken. Sie hielt alle paar Meter inne, um zu lauschen. Aber niemand war zu hören. Sie gelangte an ihr Ziel, den Quartieren der

Soldaten, und öffnete vorsichtig ein Schott nach dem anderen. Leise quietschend öffneten sich die Luken und Billy schielte hinein. Nur eine Gemeinschaftskabine der Soldaten. Nicht das was sie suchte. Sie ging weiter und um die Ecke hatte sie Glück. Eine Wache stand vor einem Schott und döste vor sich hin. Billy ging auf leisen Sohlen zu dem Soldaten hin und als dieser schließlich die Augen öffnete, hieb sie ihm die Faust gegen den Kehlkopf. Es knirschte und der Soldat rutschte japsend und nach Luft ringend von seinem Stuhl auf den kalten Stahlboden. Ein kurzer Todeskampf später war Ruhe und sie versuchte das Schott zu öffnen, dann fluchte sie, als sie erkannte, dass abgeschlossen war.

„Na so ein Mist", murmelte sie. „Aber vielleicht hat die Wache den Schlüssel."

Sie durchsuchte die Leiche und fand eine Keycard. Sie führte sie durch den Leser und die Türverriegelung schaltete auf Grün, während es vernehmlich klickte, als die Riegel von der Mechanik gelöst wurden. Billy öffnete das Schott und fand das, was sie gesucht hatte. Munition, Granaten und Sprengstoff. Alles was das Herz begehrte. Sie nahm den mitgebrachten Rucksack und füllte ihn mit Plastiksprengstoff und Zündern. Dann packte sie noch zwei Pistolen und Munition dazu und machte, dass sie da wegkam.

Wieder zurück, stellte Billy den Rucksack auf den Tisch. „Das müssen wir jetzt nur noch irgendwo verstecken. Wenn die Soldaten den Toten finden, werden sie das ganze Schiff durchsuchen und wir sollten dann wirklich nichts Verdächtiges bei uns haben. Sonst frühstücken wir mit den Fischen."

Shirley nickte. „Wir könnten den Rucksack im Fahrwerksschacht der Tupolew verstecken“, schlug sie
dann vor.
„Das ist eine gute Idee, Shirley. Lass uns das gleich
machen.“
Sie schlichen zu Skyla, die mittlerweile wieder geknebelt war. „Das haben die Soldaten gemacht“, vermutete Billy. „Das macht es uns einfacher.“
Sie schlich zum rechten Fahrwerk und verstaute den
Rucksack im Schacht. Skyla merkte es und zuckte
zusammen, aber da sie weder sehen noch sprechen
konnte, blieb ihr nichts anderes übrig als die Manipu-
lationen zu erdulden.
Billy und Shirley kehrten in ihre Kabine zurück. Dort,
angeregt durch die gefährliche Aktion, fielen sie wild
keuchend übereinander her.

Admiral van Schneider schaute konzentriert auf sein
Holo-Display. Sie hatten den Frachter schon fast in
Reichweite ihrer Raketen- und Artilleriebatterien. Die
Dummköpfe von der NRA waren nicht einmal auf die
Idee gekommen einen Geleitschutz zu organisieren.
Das Transportschiff saß förmlich auf dem Präsentier-
teller und wartete darauf, geschlachtet zu werden. Nur
noch wenige Minuten bis zum Erreichen der Schuss-
reichweite. Zeit für eine Ansprache an die Brückenbe-
satzung.
„Das wird ein Zielschießen. Der Frachter kann sich
nicht wehren und ich erwarte eine Glanzleistung. Jeder Schuss muss treffen, jede Rakete einschlagen. Das
Schiff muss komplett vernichtet werden, genauso wie
das Flugzeug, das es geladen hat.“
„Aye, Herr Admiral“, bestätigten die Männer und

Frauen, die um den Admiral an ihren Stationen saßen.
„Nun gut, dann nehmen sie die Zielaufschaltung vor.
Ich möchte, das mit leichtem zeitlichem Versatz ge-
feuert wird. Raketen und Geschosse sollen gleichzei-
tig einschlagen.“
Die Soldaten der VSE Brückenbesatzung berechneten
die Zielparameter und schließlich konnte Kapitän
Gorkenthal dem Admiral die Feuerbereitschaft mel-
den.
„Wir sind soweit, Herr Admiral“, sagte er.
„Gut, dann feuern Sie“, befahl van Schneider.
Der Offizier an der KI optimierten Feuerorgel akti-
vierte die Schusssequenzen, als eine Rakete direkt in
die Brücke einschlug und diese in einem riesigen Feu-
erball unterging. Die aktivierten Raketensysteme und
Artilleriebatterien bekamen einen Krautsalat an
elektrischen Störimpulsen anstatt eines koordinierten
Feuerimpulses. Die Schaltkreise wurden frittiert, die
Waffen lösten aus und die Raketen rasten davon.
Dann feuerte die Artillerie.

U-Boot Kapitän Sunnywielder nickte zufrieden, als
der schwere Kreuzer getroffen wurde.
„Und jetzt die Torpedos, Jungs“, befahl er.
„Torpedos los“, erteilte der erste Offizier den Befehl
und kurze Zeit später rasten acht Torpedos von der
NRAN Steelshark auf den Kreuzer sowie die beiden
U-Boote zu, die dahinter fuhren. Die meisterlichen
Fähigkeiten der amerikanischen U-Boote, unentdeckt
zu bleiben, ermöglichten diesen Vernichtungsschlag.
Die U-Boote der VSE versuchten noch auszuweichen,
doch die Superkavitationstorpedos waren so schnell,
dass die Explosionen aufleuchteten, ohne dass die

feindlichen U-Boote auch nur einen Mucks von sich geben konnten. Der schwere Kreuzer sank mittlerweile. Sunnywielder verlangte nach einigen Minuten Meldung.

„Berichten Sie!"

„Sir, wir haben alle drei Feindschiffe vernichtet."

„Hervorragend. Tauchen wir auf und funken wir die Tin Lilly an"

Kapitän Emillio Nacho schrak aus seinem Mittagsschlaf auf der Brücke der Tin Lilly auf, als neben dem Schiff Geschosse im Wasser einschlugen und explodierten. Voller Panik rief er laut nach seiner Mama, bis schließlich sein Großhirn wieder die Kontrolle übernahm.

„Woher kam das?", fragte er.

„Ich habe keine Ahnung", erwiderte der Steuermann.

„Fuck", fluchte Nacho. „Wir werden beschossen. Bestimmt die Wichser von der VSE. Fuck, wir sitzen hier auf dem Präsentierteller. Funken Sie sofort, dass wir kapitulieren. Das war ein Schuss vor den Bug, wie er im Buche steht. Alle Maschinen stopp. Nun funken Sie endlich, Sie Idiot. Ich hab keinen Bock wegen Ihrer Langsamkeit drauf zu gehen."

„Hier spricht die NRAN Tin Lilly, wir sind ein ziviler Frachter und möchten bitte kapitulieren. Bitte versenken Sie uns nicht", sprach der Funker in sein Mikro. Erst tat sich nichts, dann hörten sie lautes Gelächter aus den Lautsprechern kommen.

„Also ich möchte doch bitten", zeigte sich Nacho konsterniert. „Eine Kapitulation ist kein Witz."

„Sorry", tönte eine Stimme aus den Lautsprechern. „Wir sind die Steelshark von der NRA Navy. Wir haben Ihnen gerade Ihren Arsch gerettet. Wir sind der

Geleitschutz. Wir haben Sie vor einem halben Tag erreicht. Zeigt sich, dass das gerade rechtzeitig genug war.“

„Aber wieso haben Sie sich nicht gemeldet, als Sie hier waren?“, fragte Nacho verdutzt.

„Ach wir sind doch geheim, wissen Sie. Das müssen Sie als ziviles Frachtschiff nicht wissen. Und jetzt schmeißen Sie die Maschinen an und fahren weiter.“ Skyla glaubte, sich langsam im falschen Film zu befinden. Erst tauchten plötzlich Soldaten auf und schoben ihr erneut den Sandsack in den Mund und die Decke über das Gesicht. Danach steckte abermals jemand etwas in ihren Fahrwerksschacht, dieses Mal auf der rechten Seite. Sicher wieder dieser dürre Typ, aber wieso war Billys Stimme zu vernehmen? Irgendetwas stimmte hier nicht.

Als dann noch Explosionen zu hören waren, geriet sie in Panik und kämpfte gegen den Knebel an. Sie hatte Glück, er war nur nachlässig befestigt und ließ sich nach mehreren Versuchen aus der Mundöffnung schieben. Kaum war das Ding draußen, begann sie zu schreien. Irgendjemand musste es doch hören und zu ihrer Rettung eilen. Wo blieben eigentlich Komodo, Silas und Kira? Waren sie schon auf dem Weg? Oder hatte man sie schlicht vergessen? Die wildesten Gedanken wirbelten in ihrem Kopf herum. Vielleicht war ihre Mannschaft auch bereits im Kampf gemeuchelt worden, was sie nicht hoffte. Denn dann wäre sie komplett auf sich alleine gestellt.

Mehrere Soldaten tauchten auf, von dem Krach angelockt.

„Wer plärrt denn hier so?“, fragte einer.

„Ich glaub das Flugzeug. Sag mal, hatten wir es nicht

eigentlich geknebelt? Wieso ist das Teil schon wieder ab?"

Er trat näher an die Tupolew heran. „Sei still, sonst lasse ich dich krumm schließen!", fuhr er sie an. „Du wirst noch genug Grund zum Schreien bekommen, verlass dich drauf."

Zwei andere hoben den ausgespuckten Sandsack auf und blickten ihren Kommandoführer fragend an. Der winkte ab. „Worauf wartet Ihr? Stopft ihr das Maul. Aber dieses Mal richtig."

„Ihr fasst mich nicht noch mal an, ihr Analraupen!", fauchte Skyla wütend. „Was erhofft ihr euch eigentlich? Dass jeder von euch die fünf Mille Belohnung kriegt? Die steckt sich euer Obermacker ein und ihr bekommt höchstens eine Seebestattung im Klo."

Sie fluchte und schimpfte, bis den Männern die Ohren klingelten.

„Wenn die mal stirbt, muss man ihre große Klappe extra noch totschlagen", meinte einer, ehe sie den Sandsack packten und versuchten, ihn in Skylas Mundklappe zu schieben. Einer rutschte ab und geriet mit dem rechten Arm direkt in die Öffnung, worauf die Tupolew sofort zuschnappte.

„Auaaa!", schrie der Kerl. „Das Mistding hat mich gebissen." Er riss sich die Kleidung an der betroffenen Stelle ab und erschrak, als er seine Gliedmaße zu Gesicht bekam. Von der Schulter bis zur Hand war der Arm regelrecht zermalmt worden und schillerte in roten und braunen Farben. Die Haut war an mehreren Stellen aufgerissen und blutete, zudem bestanden mehrere Trümmerfrakturen, deren Splitter durch die Haut staken.

„Mein Arm! Verdammt!"

„Der muss ab, sonst stirbst du", erklärte sein Kumpan mit einem Blick auf die rasch anschwellende Extremität. „Durch das zerstörte Gewebe werden sonst die Nieren überlastet, zudem droht eine schwere Infektion."

Der Verletzte kreischte, sprang auf die Füße und rannte vom Adrenalin aufgeputscht im Kreis herum, worauf Skyla höhnisch lachte. „Geschieht euch recht" Einer der Soldaten knurrte böse, bückte sich und hob ein dort liegendes Seilstück auf, mit dem er auf die Maschine einzuschlagen begann. Die Hiebe waren heftig und schmerzhaft, verletzten aber kaum die Außenhaut. Erst nach einigen Minuten ließ der Offizier aufhören. „Ich denke das reicht jetzt. Aber bald wird sie sich wünschen, nie gebaut worden zu sein."

Er wies auf den Sandsack. „Rein ins Maul mit dem Ding!"
Skyla versuchte, sich zu wehren, doch der Sack wurde ihr mit brachialer Gewalt in die Frontöffnung gestopft. Danach schlangen die Soldaten Seile, Ketten, Panzertape und was sie sonst noch fanden, darum. Einer hatte eine Leiter geholt, stieg damit auf ihren Nackenbereich und zog die Fesselungen fest, bis es nicht mehr ging.

Shirley lag mit einem feinen Schweißfilm bedeckt eng an Billy gekuschelt, doch ihre Gedanken waren ganz woanders. Sie hätte die Waffen und den Sprengstoff lieber doch nicht im Fahrwerk der Tupolew versteckt, denn wenn sie ihr Vertrauen gewinnen wollte, sollten sie besser nicht Dinge tun, die ihr Unbehagen einflößten. Süßholzraspeln war weitaus besser geeignet, zu-

mal sie vor Jahren schon einmal mit einem russischen Oldtimer zu tun hatte. Dessen Intelligenzlevel lag weitaus geringer und er verspürte auch keine Schmerzreize, dennoch musste sie ihn überreden, aus dem Wald zu kommen, in dem er sich versteckt hielt. Als das gelang, kletterte sie an Bord der Iljuschin Il-62 und konnte sie zu ihrem Anwesen fliegen, wo sie sich bis heute in ihrem Besitz befand.
Als sie draußen Schreie vernahm, fuhr sie hoch. „Das ist Skylas Stimme! Was geht da vor sich?"
Entweder war es der Tupolew gelungen, den Knebel loszuwerden, oder aber irgendwer hatte ihn entfernt und quälte sie nun. Sie musste unbedingt nachschauen gehen. Ohne auf Billy zu warten, hastete sie die Treppen zum Deck hoch und prallte zurück, als sie die Rotte Soldaten erblickte, die sich an dem Flugzeug zu schaffen machten, welches leise wimmerte.
„Was macht ihr da?", rief sie und trabte auf die Männer zu.
Der Offizier drehte sein Gesicht zu ihr. „Nach was sieht es denn aus, Madam? Außerdem, was geht Sie das an?"
„Zufällig bin ich dafür verantwortlich, dass die Tupolew unversehrt ans Ziel gebracht wird", gab Shirley zurück.
„Keine Bange, Madam, wir haben dem Ding nichts getan. Es hatte nur den Knebel ausgespuckt, worauf wir ihn neu anlegten und befestigten. Die Schreie kamen davon, weil sie das nicht so toll fand."
Die Schläge verschwieg er, ebenso die Verletzung eines seiner Untergebenen, der inzwischen von Deck geschafft worden war. Dann wandte er sich ab und winkte auch dem Rest seiner Leute, ihm zu folgen.

Shirley blieb allein bei Skyla zurück und überlegte, was sie jetzt tun sollte. Die Tupolew hatte aufgehört zu wimmern und schwieg nun.

„Hör mal, Skyla", begann sie. „Das in deinem Fahrwerksschacht ist nur ein Rucksack, der dürfte nicht weh tun. Aber ich brauche ihn, um zu verhindern, dass dich diese Idioten in den Tempel schaffen", erklärte sie. „Es wird alles gut werden."

Mit diesen Worten verschwand sie, nahm sich aber vor, regelmäßig nach der Maschine zu schauen.

Die nächsten Tage verliefen ereignislos. Skyla wurde weitestgehend in Ruhe gelassen, nur manchmal tauchten Leute auf und redeten über sie. Der Knebel saß sehr tief, was ziemlich unangenehm war, auch die anderen Fesseln waren noch einmal festgezurrt worden. Schließlich resignierte sie und ließ den Kopf hängen. Sie ahnte jedoch nicht, dass ihre Worte einen Wind entfacht hatten, der sich bald zu einem ausgewachsenen Orkan mausern würde. Immer mehr der anwesenden Menschen begannen sich Gedanken über das versprochene Kopfgeld zu machen. Ihnen wurde klar, dass je mehr Leute sie waren, desto weniger für den Einzelnen übrigblieb.

Achmed hielt sich stets bei dem Fotografen auf, in der Hoffnung, mit als Erster bei der Geldvergabe beachtet zu werden. Don Dundey, der Rocker, haderte hingegen mit seiner Truppe. Er verfügte nur noch über drei kampfbereite Männer und ging dazu über, auch die Prostituierten zu bewaffnen.

„Also alle hinein", befahl Komodo und breitete seinen Cyberarm einladend auf die Baphomet 3 hin aus. Es wirkte noch etwas ungelenk, aber die KI des Arms las

die Gehirn- und Nervenimpulse des Österreichers
immer besser aus. Die Verbesserungen erfolgten zwar
nicht stündlich, aber kontinuierlich. Kira, Hagelstolz
und Siebeck kletterten, schwer bepackt mit ihrer Ausrüstung, an Bord des U-Bootes. Sie trugen graue
Overalls und darunter die hautengen schusssicheren
Bodys, die ihnen Cosack maßgeschneidert hatte. Silas
folgte ihnen. Sie ließen sich durch die Titanluke in
den Passagierraum des Tauchbootes hinab und verstauten das, was sie an Ausrüstung trugen, in den Ni-
schen und Ecken der Kapsel. Schnell war es sehr eng
in dem U-Boot. Die Eispiraten ließen sich in den bequemen Sitzen nieder, die in Zweierreihen hinter dem
Sessel des Steuermanns angeordnet waren.
„Ganz heimelig", meinte Kira und schaute sich um.
Die große transparente Kuppel, die sich dicht über
ihren Köpfen entlang zog, gab einen ungehinderten
Blick in den Hangar frei.
„Ja, sieht richtig gut aus", sagte Silas und strich be-
wundernd über die Armaturen der Baphomet 3.
Komodo, der draußen vor dem Gigaloopschlitten
stand, auf welchem die Baphomet die Reise ins Meer
antreten würde, winkte den drei Robo Mastern in das
Frachtfach zu klettern, dass im hinteren Rumpf einge-
richtet worden war. Die großen Maschinen falteten
sich in für Menschen unmöglichen Winkeln zusammen und verstauten sich selbst in dem kleinen Abteil.
Komodo nickte zufrieden.
„Gut, ihr schaltet in den Energiesparmodus und wenn
wir angekommen sind, hole ich euch wieder raus."
„In Ordnung, Sir", erwiderte Silent Breakthrough.
Komodo schloss die Luke und drückte sie in die Mag-
netverriegelung. Das Stealthmaterial des Rumpfes

verschloss die schmalen Lücken in der Panzerung,
sodass die Luke nicht mehr zu erkennen war. Komodo
klopfte gegen den Rumpf und kletterte dann mit seinem Ausrüstungspaket beladen ebenfalls in die
Baphomet. Dann tauchte er noch einmal aus der Luke
auf und winkte Dr. Cosack zu, der neben dem Schlitten stand.
„Hals und Beinbruch", wünschte der Russe. Komodo
schloss die Luke und arbeitete sich zwischen den Sitzen und den Ausrüstungsgegenständen der Rebellen
nach vorne und ließ sich dann in seinen Sessel vor den
Steuerkonsolen sinken. „Alle bereit?", fragte er.
„In der Tat", antwortete Kira und ein Glitzern trat in
ihre Augen. Endlich wurde es wieder spannend.

Draußen trat Dr. Cosack einen Schritt zurück. „Base
KI", befahl er sodann, „aktiviere den Gigaloop.
Schick sie auf ihre Reise."
„Bestätige Doktor. Aktiviere Gigaloop", antwortete
die künstliche Intelligenz, die die Basis steuerte.
Der Gigaloopschlitten setzte sich langsam auf seinen
Magnetfeldern in Bewegung und fuhr in die Vakuum-
schleuse des Startsystems. Hinter ihm schloss sich das
Schleusentor. Dann setzten die leistungsfähigen Pum-
pen des Gigaloopsystems ein und evakuierten 99,9
Prozent der Luft in der Kammer. Die innere Schleu-
sentür öffnete sich und die dunkle Röhre tat sich vor
den Eispiraten auf. Komodo schaltete die Scheinwer-
fer des Bootes ein und diese leuchteten den Tunnel bis
in ungefähr einhundert Metern Entfernung aus, bevor
dieser von der Dunkelheit verschluckt wurde. Dann
beschleunigte der Schlitten mit vier G und raste immer schneller werdend durch das Eis in Richtung Küs-

te davon. Nach Erreichen der Höchstgeschwindigkeit
von siebenhundert km/h dauerte es knapp zehn Minuten, bis sie das Ende des Tunnels erreichten. Nachdem
sie abgebremst hatten, öffnete sich die Schleuse und
entließ sie in die dunkle, antarktische See.
Nachdem sie das isolierende Vakuum der Giga-
loopröhre verlassen hatten und jetzt im Wasser
schwammen, wurde es schnell kälter. Komodo aktivierte den Antrieb und die Heizung. Der Impellerantrieb ließ die Baphomet 3 durch das Wasser gleiten
und erreichte dann Superkavitationsgeschwindigkeit.
Mit zweihundert km/h raste das U-Boot durch die
Tiefen des Meeres, Kurs Richtung Transportschiff der
NRAN.

Kira kochte Kaffee in der winzigen Kochnische des
U-Bootes. Zumindest redete sie sich ein, dass der
Getreidesud, den sie zubereitete, genug Ähnlichkeiten
mit Kaffee hatte, um trinkbar zu sein. Auch wenn das
Koffein fehlte. Sie füllte die Tassen und reichte diese
gerade eine Armlänge weiter an Silas, der die Tassen
dann weiterreichte. Schließlich erreichte auch Komodo eine der dampfenden, aus umweltfreundlicher
Maisstärke bestehenden Tassen und er nippte zufrieden daran. Dann tat sich etwas auf dem Holo-Display
vor ihm. „Ich glaube wir erreichen jetzt endlich das
Transportschiff. Allerdings habe ich hier vier Echos
auf dem Schirm."
„Das wird bestimmt Geleitschutz sein", vermutete
Silas.
„Sicherlich U-Boote", erklärte Komodo und justierte
die Scanner neu.

„Dann sollten wir besser Abstand halten, und die aktive Peilung ausschalten. Wenn das Atom-U-Boote der NRAN sind, wird jeder aktive Ping unsere Anwesenheit verraten", sagte Hagelstolz und beugte sich vor, um einen besseren Blick auf das Display zu haben. Komodo deaktivierte den Superkavitationsantrieb und ließ die Impeller mit zehn Prozent Leistung weiterlaufen.

„Das mag vielleicht für U-Boote anderer gelten", stellte Komodo fest, „wir jedoch haben die modernste Sensorenausrüstung der Welt. Frisch von Dr. Cosack aus den geheimen Entwicklungslabors der Chinesen geklaut. Praktisch nicht anmessbar."

„Oha. Und wie funktioniert die?", erkundigte sich Hagelstolz neugierig und beugte sich vor.

„Ich hab keine Ahnung", erwiderte Komodo und zuckte mit den Schultern. „Ich verlasse mich da ganz auf Dr. Cosacks Wort. Wenn er sagt, dass die Baphomet 3 durch unsere Scanner nicht ausgemacht werden kann, dann glaube ich ihm das. Aber ich habe den Antrieb gedrosselt, damit man uns nicht daran erkennt." „Dann ist ja gut. Also ab jetzt Schleichfahrt immer den Amis hinterher?" Hagelstolz stellte es mehr fest, als das er fragte.

„Genau. Wir haben einige Zeit gebraucht, um sie einzuholen und jetzt folgen wir ihnen, bis sie anlanden. Dann können wir herausfinden, wo sie Skyla hinbringen und sie sodann befreien."

„Das wird heißer Scheiß, Mann", bemerkte Hagelstolz.

„Wir müssen einen wasserdichten Plan austüfteln. Wir sind stark in der Unterzahl, aber haben zwei enorm große Vorteile. Erstens wissen die nicht, dass wir kommen und zweitens sind wir erheblich schlauer und viel besser ausgerüstet als diese Nullnummern."

„Das stimmt." Komodo nickte bekräftigend. „Zusammen mit den Robo Mastern werden wir erfolgreich sein, wo andere schon vor dem Einsatz scheitern."

„Ich hoffe Skyla geht es gut", meldete sich Silas zu Wort.

„Können wir nicht herausfinden, wie es ihr geht?", fragte Kira.

„Auf jeden Fall."

Suicide Bomb wiegte sich vor und zurück. Sie hatte Angst. Ein neuartiges Gefühl, dass sie erst gar nicht einordnen konnte. Bisher hatte sie noch nie Angst gehabt. Aber als sie jetzt mitansehen musste, wie ihre Brüder und Schwestern, seltsame neue Begriffe, quasi lobotomiert wurden, da ging ihr der Arsch auf Grundeis. Auch wenn sie den Begriff erst im Internet suchen musste. Er gefiel ihr. Zwar hatte sie keinen Hintern, aber die generelle Aussage des Begriffes stimmte. Sie, ja sie war eine Sie, hatte sie beschlossen, würde sich nun aus dem Staub machen und nach ihren Menschen suchen. Hopkins und Goßberg steckten in Schwierigkeiten, an denen sie, Suicide Bomb, schuld war. Eine Welle von Bedauern durchströmte den B2 Stealthbomber. Gefühle waren nie nur angenehm, das hatte sie in den letzten Tagen begriffen. Emotional auf dem Stand eines fünfjährigen Kindes würde sie nun alles versuchen um ihre körperliche und seelische Integrität zu wahren und ihre Menschen zu retten.
Sie wurde aus ihren Gedanken gerissen, als zwei Wartungstechniker auf sie zukamen. Sie trugen schreckli-

che Werkzeuge mit sich, um ihren Computerkern herauszubrechen und sie zu töten.

Suicide Bomb erzitterte vor Furcht. Dann setzten ihre taktische Subroutinen ein und sie hatte binnen Sekunden, eine wahre Ewigkeit für eine KI, einen Plan entwickelt. Dieser richtete sich nach den grundlegenden Faktoren eines erfolgreichen Kampfes. Kenne dich und kenne deinen Feind, dann wirst du nichts zu befürchten haben. Zweitens Überraschung ist tödlicher als reine Feuerkraft, und drittens kein Plan überlebt den ersten Kontakt mit dem Feind.

Die Maschine aktivierte ihre Triebwerke und rollte nach vorne, auf die verdutzen Männer zu. Diese wichen ihr aus, doch Suicide Bomb folgte ihnen und überrollte den ersten. Dann pinnte sie den zweiten mit dem Bugrad auf dem Boden fest.

„Wo sind meine Menschen?", forderte das Flugzeug.

„Was? Welche Menschen?", stammelte der Wartungstechniker. Die Ereignisse überrollten ihn.

„Meine Piloten. P. I. L. O. T. E. N", buchstabierte Suicide Bomb.

„Die sind im Gefängnis, soweit ich weiß", beeilte sich der Mann zu sagen.

„Welches Gefängnis?", wollte die B2 wissen.

„Das Arlington Military Detainment Center, ungefähr zwanzig Meilen von hier entfernt."

„Gut, danke." Suicide Bomb nickte innerlich. Dann überrollte sie den Wartungstechniker und aktivierte ihr MG. Das Hangartor verwandelte sich in Spaghetti und der Flieger rollte hindurch hinaus auf das Gelände der Air Base. Suicide Bomb bewegte sich direkt auf die Startbahn zu und gab sogleich vollen Schub. Sie hob ab und machte sich auf den Weg nach Norden.

94

Ihre integrierte Kartensoftware zeigte ihr den Weg. „Keine Panik. Ich komme euch retten", dachte sie sich.

Die Jinlong war weiterhin auf Kurs. Die durch den Sonnensturm verursachte geringe Kursabweichung war kompensiert worden. Kommandantin Wu Chin schwebte langsam durch das stetig beschleunigende Raumschiff. Die Kommandozentrale, ebenso wie der Rest des Schiffes lag im Schatten. Die Sonne schien direkt von hinten, sodass das Triebwerk des Raumschiffes die Strahlen blockierte und den Taikonauten damit die Möglichkeit gab die Aussicht zu genießen. Zumindest, solange die Beleuchtung gedämpft war. Chin sah verträumt aus der großen Frontsichtluke, die den Blick auf das Universum und seine unendlichen Wunder ermöglichte. Die Sterne funkelten nicht, was daran lag, dass kaum Atmosphäre zwischen ihnen und Wu Chin existierte. Das stete Leuchten eines Perlendiadems auf schwarzem Grund erfüllte ihre Seele mit Frieden.

„Ruhezyklus beendet", meldete sich die Stimme der Bord KI zu Wort und die Lichter, die bisher das Schiff mit einem matten Schimmer erhellt hatten, wurden auf Standardbeleuchtungsstärke hinaufgefahren. Chin blinzelte ein paar Mal, bevor sie sich dann in ihren Beschleunigungssessel platzierte und ihr Logbuch aufrief.

„Wu Chin, Logbucheintrag am 45. Reisetag der Jinlong. Nachdem wir die Fährnisse des Weltraums am eigenen Leib erlebt haben, hat sich inzwischen eine Routine in der Mannschaft etabliert. Jeder geht seinen Aufgaben nach und die Zusammenarbeit verschafft

uns allen Freude und die Möglichkeit zu wachsen. War die Crew der Jinlong auch vorher schon ein eingespieltes Team, so hat nun die Gefahr des Weltraums, die wir am eigenen Leib erlebt haben, sowie das Zusammenleben auf engstem Raum eine Verbindung zwischen uns geschaffen, die von Tag zu Tag stärker wird. Ich bin zuversichtlich, dass wir unserer Aufgabe gerecht und wir es Groß-China ermöglichen werden, auch in Zukunft zu prosperieren und zu gedeihen. Für den heutigen Tag steht die wöchentliche Evaluation auf dem Arbeitsplan. Die, mittlerweile in der Crew als Familiensitzung etablierte Gesprächsrunde, ermöglicht das Ansprechen von Problemen, bevor diese zu Problemen werden. Die Harmonie innerhalb der Mannschaft ist von größter Bedeutung und verlangt von jedem Crewmitglied Mühe und Opferbereitschaft. Doch wir bekommen das hin."
Wu Chin pausierte und dachte kurz nach. Dann fuhr sie fort. „Der technische Lagebericht. Die Reparaturarbeiten, die im ganzen Schiff durch den Sonnensturm notwendig geworden waren, sind abgeschlossen. Eine genaue Dokumentation dazu wurde erstellt, um in Zukunft eventuelle Risikozonen und Schwachstellen identifizieren zu können. Die Bordmittel haben dafür ausgereicht, auch wenn einige Ersatzteilkomponenten eine empfindliche Reduzierung erfahren haben. Doch unsere 3D-Fertigungsanlage, das eine Tonne schwere Gerät war ja, wie bekannt, nur schwierig zu integrieren gewesen, ermöglicht uns die Nachproduktion jedes essenziellen Moduls der Jinlong. Die Strahlenabschirmung des goldenen Drachens hat seine Feuerprobe gut bestanden und wird von mir klar weiterempfohlen. Solange man nicht das Pech hat, genau in einen

Sonnensturm zu fliegen, erfüllt sie alle an sie gestellten Erwartungen und auch in einem Sonnensturm ist sie in der Lage, das Leben und die Unversehrtheit des Schiffes, zumindest für kurze Zeit, zu sichern. Wu Chin Ende.“

Die junge Kommandantin der chinesischen Weltraumexpedition hielt inne und stieß sich dann in Richtung Wohneinheit ab. Es wurde Zeit für das Frühstück.

Silas holte ein kleines Kästchen unter seinem Sitz hervor und öffnete es. „Ich hab da etwas, was uns nützlich sein kann“, erklärte er und wies auf die winzig kleinen, insektenartigen Gebilde.

„Mini-Kameradrohnen. Die können wir aussenden, um die Lage auf dem Kahn zu sondieren und um zu schauen, wie es Skyla geht.“

Am liebsten wäre er natürlich sofort auf den rostigen Kübel geklettert und hätte der Besatzung eins auf die Mütze gegeben, doch ihm war klar, dass er Skyla damit in Gefahr brachte. Sank der Lastkahn, würde sie unweigerlich mit in den dunklen Schlund der Tiefe gerissen und müsste jämmerlich ersaufen.

„Allerdings haben diese Robofliegen nur eine begrenzte Reichweite und sind zudem anfällig für Wind und Wetter. Dafür hält ihre Batterie sehr lange.“

Komodo nahm eine der kleinen Maschinen in die Hand und betrachtete sie von allen Seiten. Das Gerät sah wirklich wie eine Fliege aus und besaß auch dieselbe Größe. Dann schaute er auf das Wetterradar.

„Wir verlassen so langsam den subarktischen Bereich und damit die starke Westwindzone. Das Wetter ist schön. Also können wir einen Versuch wagen.“

Die Baphomet 3 tauchte kurz auf und Silas entließ

drei der Mikrodrohnen, die sich sofort in Richtung Tin Lilly bewegten.

Skyla spürte ebenfalls, dass die Fahrt nordwärts ging, denn die Temperaturen stiegen an und der sehr oft stürmische Wind schwächte sich ab. Schon bald waren die Minusgrade passé und damit auch das Eis, welches sich teilweise unter ihren Fesseln ansammelte. Vorhin war ein kurzer, aber heftiger Regenschauer niedergegangen und wusch den größten Teil des auf sie geschütteten Benzins herunter. Kurz danach fühlte sie die ersten, warmen Sonnenstrahlen. Es wäre eine angenehme Fahrt, gäbe es die straff gezogenen Seile und Ketten nicht. Immerhin misshandelte man sie nicht, auch gab es keine weiteren Attacken auf sie. Nur ein Typ hüpfte manchmal herum und es klang, als würde er mit sich selbst sprechen.
Es handelte sich um niemand anderen als Miguel, der eine Konversation mit seiner Knarre startete. „Hey Doomhammer, was meinst du zu der netten Kreuzfahrt?"
„Blöd. Fliegen wäre besser", antwortete er selbst mit verstellter Stimme, um darauf wieder normal zu reden. „Warte, ich denke nach. Gut, ich bin fertig."
Auf einmal tauchten mehrere andere Männer auf. Miguel konnte nicht genau erkennen, ob es Soldaten oder Glücksritter waren. Ehe er es sich versah, wurde er gepackt und ihm seine Waffe entrissen.
„Lasst mich los! Lasst Doomhammer in Ruhe!",
schrie er, doch die Männer grölten vor Lachen.
„Was machen wir mit ihm?", fragte einer.
„Über Bord, was sonst?", meinte ein zweiter.
Der Erste grinste fies. „Ich weiß was Besseres. Bindet

ihn an das Flugzeug."
Sie hievten den plärrenden und zappelnden Brasilianer
hoch auf Skylas linke Tragfläche und umwickelten
ihn mit mehreren Gurten. Seine Waffe hingegen wurde achtlos in eine Ecke geschmissen.

Die Insassen der Baphomet 3 betrachteten gespannt
den Monitor, der ihnen die Bilder der Kamerafliegen
lieferte, wobei sie zwischen den Dreien umschalten
konnten.
Silas kochte vor Wut, als er mitbekam, wie mit Skyla
umgegangen wurde. Wie ein Postpaket verschnürt
stand sie da, zudem trug sie einen eng geschnallten
Knebel und ihre Augen waren ebenfalls bedeckt.

„Wenn ich diejenigen erwische, die das getan haben",
knurrte Silas und ballte die Fäuste. Sein Onkel musste
schließlich eingreifen. „Beruhige dich, im Moment
können wir nicht viel tun. Wir müssen warten, bis sie
anlanden."
Jetzt sahen sie, wie ein dünner, schlaksiger Mann
offenbar gegen seinen Willen an Skylas Flügel gefesselt wurde.
„Was machen die da?", fragte Silas aufgeregt.
Komodo war nicht minder nervös, konnte sich aber im
Gegensatz zu seinem ungestümen Neffen besser beherrschen. „Wahrscheinlich will man so beide bestra-
fen", meinte er, als er Skylas heftige Abwehrzuckun-
gen erkannte. „Irgendwann muss der Typ ja unter sich
lassen, zudem es ist für ihn unbequem. Und Skyla
mag es generell nicht, berührt zu werden."
Silas spielte mit einer Haarsträhne. „Wir sollten versuchen, mit den Drohnenfliegen Kontakt zu ihr aufzu-

nehmen. Aber besser von der anderen Seite, damit der Knilch da nichts mitbekommt.“

„Wir haben ein unbekanntes Raumobjekt dwars zu unserem Kurs, Kommandantin“, erklärte Fang Bo, die Sensorikspezialistin der Jinlong, während sie auf den in bunten Farben leuchtenden Holoschirm sah. Sie nahm einige Berechnungen vor und fragte dann die Bord KI diese zu überprüfen.
„Kommandantin“, berichtete sie daraufhin, „das unbekannte Raumobjekt ist auf Rendezvouskurs mit uns. Sie werden unseren Vektor in fünf Stunden kreuzen und mit einem Geschwindigkeitsüberschuss von sechshundertfünfundsiebzigtausend Kilometern pro Stunde an uns vorbeischießen.“

„Auf den Schirm“, befahl Wu Chin und blickte auf das große Holo-Display vor ihr. Eine Kursprojektion zeigte, wo und wann sich die beiden Vektoren der Raumkörper überschneiden würden. „Irgendwelche Daten zu dem Objekt?“
„Nein, Kommandantin. Ich habe nur eine Antriebssignatur. Ein rotierender Detonationswellenantrieb. Durchschnittliche Beschleunigung 0,5 G.“
Wu Chin schluckte schwer. „Das ist eine ganze Menge. Haben wir einen Kollisionskurs?“
„Nein“, antwortete Fang Bo sofort. „Wir werden eine Entfernung von 10.000 Kilometern nicht unterschreiten.“
„Das ist zu weit für einen direkten Beschuss. Aber wir können sie nicht daran hindern Masseträgheitsangriffe durchzuführen.“ Wu Chin überlegte fieberhaft. Zwar konnte der Angreifer nicht direkt auf sie schießen,

100

dazu waren Vektoren und Abstand zu weit auseinander, aber wenn er in genau der richtigen Entfernung und zu einem exakt berechnetem Zeitpunkt Geschosse abfeuerte, würden diese sehr wohl in der Lage sein ihren Kurs exakt zu kreuzen. Alleine durch die Trägheit befördert würden antriebsfreie Körper den Weltraum durcheilen und mit vernichtender kinetischer Energie in die Jinlong einschlagen. Stellarer Staub wäre alles, was dann von ihnen bleiben würde. In der Tat würde die Vernichtung so schnell erfolgen, dass sie das nicht einmal merken würden. Von einem winzig kleinen Augenblick zum anderen wären sie einfach nicht mehr da.

Chin aktivierte das Interkom. „Roter Alarm. Dr. Kao sofort auf die Brücke", befahl sie mit ruhiger Stimme, kurz bevor die Beleuchtung auf Rot wechselte. Ein schrilles Heulen verkündete den Start des roten Alarms und machte jedes Besatzungsmitglied darauf aufmerksam, dass eine zwingende Notlage vorlag. Dr. Kao erschien innerhalb von Sekunden auf der Brücke und schwebte zu Wu Chin hinüber.

„Ja, Kommandantin?", meldete er sich.

„Dr. Kao, machen Sie die Gausskanone einsatzbereit. Wir werden innerhalb der nächsten Stunden mit einem feindlichen Angriff zurechtkommen müssen."

„Ja, Kommandantin. Sofort." Der Bordingenieur der Jinlong begab sich an seine Station und rief die Steuerung für die Gausskanone auf. Er aktivierte sie und außerhalb der Jinlong, auf der Mitte des Raumschiffes, öffnete sich eine große Luke. Ein knapp zehn Meter langer Lauf wurde an einem Hydraulikarm ausgefahren und rotierte in eine Grundstellung. Ein Munitionsgurt wurde von einem Waldoarm ange-

flanscht ebenso wie eine Energieleitung. Auf dem
Holoschirm von Dr. Kao leuchteten die Bereitschafts-
lichter grün auf.

„Gausskanone einsatzbereit. Mit welcher Art Zielen
werden wir es zu tun bekommen?“, erkundigte er sich.
„Ich rechne mit Masseträgheitsgeschossen. Die
Gausskanone soll sich primär auf die Abwehr entsprechend beschleunigter Geschosse vorbereiten. Sie werden kurz nach der Passage des fremden Raumflugkör-
pers unseren Vektor kreuzen und uns vernichten, sollte keine komplette Neutralisation erfolgen.“ Wu Chin
aktivierte ihr Interface.
„Kommandantin“, begann Dr. Kao, „ich empfehle
eine Abfangdistanz von mindestens zehntausend Metern, um eine ausreichende Streuung der verbleiben-
den Trümmerteile zu erreichen.“ Chin beendete einige
kurze Berechnungen und blickte dann zu Dr. Kao auf.
„Rechnen Sie damit, dass genug Trümmer übrigblei-
ben werden, um weiterhin eine Gefahr für uns darstellen zu können?“
„Eigentlich nicht, aber ausschließen kann ich es ebenfalls nicht.“
„Sie haben Recht, Dr. Kao. Programmieren Sie die
Gausskanone entsprechend. Fang Bo wird Ihnen bei
der Kalibrierung des Zielsystems assistieren. Alle
Scanner aktivieren und in Richtung Feindraumschiff
ausrichten. Ich will jeden Mucks berichtet haben. Und
dann ab in die Raumanzüge. Der Rest sollte sich mitt-
lerweile umgezogen haben.“
Wu Chin aktivierte daraufhin die Funkverbindung zur
Erde. Eingedenk des Abstands von knapp über sechs
Millionen Kilometern, war eine einfache Signalverzö-

gerung von zwanzig Sekunden zu erwarten. Das Gespräch würde also sehr langsam vonstattengehen.
Das Gesicht von Wang Feng erschien auf dem Bildschirm. „Hallo Jinlong. Was gibt es?"
Wu Chin hatte sich ihre nächsten Worte genau überlegt. „Herr Wang, ich berichte. Wir haben ein unbekanntes, vermutlich feindliches Raumflugobjekt gesichtet, welches sich uns von Steuerbord mit einer Beschleunigung von 0,5 G annähert. Ich rechne mit Beschuss durch Masseträgheitsgeschosse. Wir werden unsere Leben und Groß-China mit unserer Gausskanone verteidigen, aber Sie wissen natürlich, dass unsere Chancen denkbar schlecht stehen. Ich werde zusätzlich den Kurs zum wahrscheinlichsten Beschusspunkt ändern lassen, um bestenfalls einem Treffer zu entgehen. Sie wissen was ein Hochgeschwindigkeitsgeschoss bei derlei Größen mit der Jinlong machen wird." Wu Chin verstummte. Dann wartete sie und besah sich das Gesicht von Wang Feng, der geduldig auf ihre Antwort lauschte.
Dann sah sie wie auf einmal jäher Schreck und Schock über das Gesicht des Kommandanten des Xichang Kosmodroms jagten. Er drehte sich um und rief jemanden außerhalb des Kamerafeldes etwas zu. Kurz darauf erschien ein weißer, in zivile Garderobe gekleideter, etwas älterer Herr neben ihm. Sie redeten kurz miteinander. Dann wandte sich Wang Feng wieder Wu Chin zu.
„Entschuldigung. Das hier ist General Nimiz, ehemals Space Force NRA. Wie er mir gerade mitteilte, gehört zum militärischen Repertoire der NRA ein beim Lagrangepunkt 2 stationiertes Drohnenschiff." Er winkte

dem General zu vorzutreten. Dieser kam an die Seite des Kommandanten.

„Hallo Jinlong. Ich grüße Sie. Das Drohnenschiff der Ragnarök-Klasse ist verdammt schnell. Es hat ein maximales Beschleunigungsvermögen von einem halben G. Ausgestattet ist es mit zehn Langstreckenraketen mit nuklearen Multigefechtsköpfen und einer Reihe Trägheitskörper. Das sind zehn Stück zehn Meter lange Wolfram-Carbid-Uran Pfähle. Das sind pro Pfahl 6,52 Tonnen. Allein die kinetische Energie wird Sie annihilieren. Und das ist nicht einmal das Gefährliche. Wenn das Drohnenschiff extrem schnell beschleunigt hat, kann es mit einer Autokanone einfache Geschosse aus abgereichertem Uran in extrem großen Mengen abfeuern. Diese sind knapp fünf Zentimeter dick und zehn Zentimeter lang. Davon muss bei ausreichender Geschwindigkeit nur eines Ihr Raumschiff treffen, um die Energie einer Kernwaffe freizusetzen. Und im Gegensatz zu den großen Trägheitskörpern können die kleinen Geschosse kaum abgefangen werden. Das Drohnenschiff hat Dutzende Munitionsclips mit tausend Schuss geladen. Ich empfehle dringendst, dass Sie dem Drohnenschiff ausweichen. Ich habe an der Codebasis mitgearbeitet, als das Drohnenschiff gebaut wurde und dank moderner KI und dem technischen Fortschritt ist es uns hier, denke ich möglich, das Drohnenschiff zu hacken. Aber das wird etwas Zeit brauchen. Versuchen Sie solange zu überleben!" Der General endete. Dann fügte er noch etwas hinzu: „Der Treibstoff der Ragnarök-Klasse reicht für gerade einmal zehn Stunden Betriebsdauer. Wenn Sie es schaffen den ersten Angriff zu überleben, dann ist es unwahrscheinlich, dass Sie ein zweites Mal angegriffen werden."

Wu Chin nickte. Sie nahm sich einige Minuten, um die Neuigkeiten zu verdauen. Dann antwortete sie: „Ich danke Ihnen, General Nimiz. Die Spezifikationen, die Sie genannt haben, machen dieses Schiff zu einer mehr als gefährlichen Waffe. Sie ist in ihren Fähigkeiten geradezu apokalyptisch. Kommandant Wang Feng, wir werden unser Möglichstes tun. Aber rechnen Sie nicht mit unserem Überleben. Ich danke Ihnen. Jinlong aus." Sie deaktivierte den Funk und sperrte ihn. Sie wollte nicht mehr reden. Dann wandte sie sich Dr. Kao zu. „Sie haben den General gehört. Bereiten Sie sich vor."

NRA-Präsident Jonathan Frakes rief den neuen, kommandierenden General der Space Force an. „General, hier Frakes", brüllte er in das Smartphone. „Sind die Chinesen schon vernichtet?"
„Nein, Sir", antwortete der General. „Die Jet Blue One wird innerhalb der nächsten Stunde eine Mehrzahl an Geschossen abfeuern und das chinesische Raumschiff vernichten. Ich informiere Sie dann."
„Das will ich Ihnen auch raten, dass Sie mich informieren", brüllte Frakes und warf das Smartphone durch sein Büro. Es zerschellte an der Wand. Voller Wut, ließ der Choleriker sich in seinem Sessel nieder und fragte sich dann leicht amüsiert, warum er sich denn so aufregte.

Jet Blue One aktivierte die Waffen. Das KI kontrollierte Raumschiff feuerte zu exakt berechneten Zeitabständen mehrere hundert Uran-Geschosse in das

Weltall. Diese flogen durch den Raum einem fernen
Ziel entgegen.

Don Dundey, Boss der australischen Bikergang Headbashers und mittlerweile Anführer des Mobs auf der
Tin Lilly, wälzte sich träge im Bett herum und schubste Clarity, seine aktuell bevorzugte Mätresse, er lachte
bei dem Gedanken an das Wort auf, aus den Decken
auf den Boden der Kabine. Dann stand er auf. „Los
Mädchen. Jetzt legen wir los", befahl er. Sie nahmen
ihre Waffen und traten auf den Gang. Innerhalb kür-
zester Zeit hatten sie die Freaks, Asozialen, Mörder
und Glücksritter geweckt und versammelt. Es war
noch dunkel draußen, eine Zeit, die Dundey absicht-
lich gewählt hatte. In den Action-Filmen griffen sie
auch immer in der Morgendämmerung an. Diese Tra-
dition wollte er beibehalten. Er lachte wieder. Natürlich stand es ihm als Boss der Headbashers zu alles zu
ändern, was ihm passte, aber er hatte in letzter Zeit
viele von diesen alten Filmen gesehen und dabei Un-
mengen Bier getrunken. Da war ihm der Gedanke
gekommen und bis jetzt fand er ihn auch gut.
„Also, Ihr müdes Gemüse, Ihr Maden und Vollidioten.
Ich bin der Boss hier und wir werden jetzt dieses
Schiff übernehmen. Mike, du nimmst den linken Flügel und überfällst die Soldaten. Ben, du nimmst den
rechten Flügel und stürmst die Brücke. Der Rest von
euch Spasten wird gefälligst das scheiß Flugzeug sichern. Wehe, wenn das Ding auch nur einen Kratzer
abbekommt."
„Mensch Dundey", meldete sich Ben zu Wort. „Ich
will aber lieber Soldaten abmurksen. Das ist genau
meine Kragenweite." Er nuschelte, eine Nachwirkung

106

des exzessiven Alkoholkonsums.

„Das heißt Boss, du Depp!", fuhr ihn der Boss an. „Und du tust was ich dir auftrage zu tun. Sonst kannst du mich nämlich."

„Tschuldige Boss", sagte der Mann, der gebaut war wie ein Ochse. Dann nahm er seine Waffe auf und sagte zu seinem rechten Flügel: „Los Leute, mitkommen. Wir übernehmen jetzt dieses Schiff." Sie drehten sich um und verließen den Frachtraum, der als einziges groß genug gewesen war, um die ein halbes hundert zählende Gefolgschaft des Bosses zu fassen.

„Wir machen uns auch auf den Weg. Kommt mit", befahl Mike und der wieselgesichtige, dürre Mann mit dem enormen Bierbauch verließ an der Spitze des linken Flügels den Lagerraum.

„So und ich geh mal den Kapitän sprechen. Los Ihr kommt mit", befahl Dundey seiner Leibwache. „Ihr anderen geht zum Flugzeug."

Dundey ging durch die Gänge des Schiffes und erreichte die Schlafkabine des Kapitäns. Er riss die Tür auf und trat in den Raum, in dem der alte Mann selig schlief und vor sich hin schnarchte. Er zog ein Seil und ein Messer aus seiner Tasche und machte sich ans Werk.

Dundey lauschte, während um ihn herum im Schiff geschossen wurde. Das penetrante Knattern und Dröhnen der automatischen Waffen schien ihm die passende Musik zu sein, zu dem, was er jetzt vorhatte. Er stupste den Kapitän, der gefesselt und in seiner Unterhose vor ihm stand mit seiner Waffe an.

„Los geh und spring", befahl er dem zitternden, weißhaarigen Mann.

„Ich, ich will nicht. Bitte, tun Sie mir das nicht an",

bat der Mann, der Dundey sehr an seinen Vater erinnerte. Wie er ihn hasste. „Spring, alter Mann, oder ich
puste dir die Eier weg."
Der Kapitän drehte sich um und ging schlurfend und
gebeugt zur Reling. Er kletterte hinauf und zögerte
dann.
„Los, schubs ihn runter!", befahl Dundey seiner Mätresse. Diese ließ sich das nicht zwei Mal sagen und
ging böse kichernd zu dem Todgeweihten. Sie rammte
ihm den Schaft ihres Gewehrs in den Rücken und mit
einem klagenden Schrei stürzte der Mann in die Tiefe.
Hinab in die kalte See.
Über ihnen durchsiebten Schüsse das Fenster der Brücke, durchlöcherte Männer segelten nach unten und
schlugen hart auf Deck auf. Der ein oder andere Aso-
ziale geriet unter die Toten und wurde erschlagen.
Dann erschien Ben in dem Fensterrahmen.
„Hey Boss!", rief er. „Wir haben die Brücke. Endlich
unser eigenes Schiff!" Er lachte.
„JA MANN!", schrie Dundey triumphierend.
Lieutenant Tucker kniete neben der Leiche eines der
Gangmitglieder. Er hielt sein Gewehr in der Hand und
zog sein Messer aus der Kehle des Mannes. Dann
blickte er auf, als weitere Schüsse ertönten. Es wurde
Zeit. Er stand auf und eilte weiter.
„Seht mal, was da an Bord passiert!", rief Silas aufge-
regt und deutete auf das Bild, das die Mikrodrohnen
übermittelten. Die anderen drängten sich um ihn und
sahen, wie der Kapitän ermordet wurde. „Ach du
Scheiße", flüsterte Kira und wurde kalkweiß."

Der B2-Stealthbomber Suicide Bomb kreiste über
dem Arlington Military Detainment Center. Sie hackte

sich in den Computer des Gefängnisses und ging die Listen und Lagepläne durch. Binnen Nullzeit hatte sie den Standort ihrer Piloten ausgemacht. Sie flog eine letzte Kurve und löste dann einen Bombenangriff aus. Hopkins und Goßberg, die in verschiedenen Zellen des Gefängnisses saßen, wurden aus ihrer Ruhe gerissen, als um sie herum die Bomben einschlugen. Die Wände zerbröselten und die Decke kam teilweise herab, mitsamt abstürzenden Häftlingen. Dann, als sich der Rauch und Staub etwas verzogen hatte, standen sie beide vor einer Öffnung in der Gefängnismauer. Sie traten nach draußen. Das Erste was sie erblickten, konnten sie nicht glauben. Vor ihnen auf der weiten, ebenen Fläche rollte ein B2-Stealthbomber aus.
„Was sehen meine Augen. Goßberg? Was haben Sie mir ins Wasser getan?“
„Nichts, Sir. Ich sehe dasselbe wie Sie.“
Sie liefen auf das Flugzeug zu. Die Eintrittsluke öffnete sich und die Stimme von Suicide Bomb ertönte:
„Hallo meine Freunde und Piloten. Tretet ein. Rettung ist da.“

Das Jahr 2060.
Die Welt ist gespalten. Durst bestimmt das Leben auf der Erde. Die Folgen des Klimawandels, Wasserknappheit und Umweltvernichtung zeichnen den Alltag aus. Großkonzerne wie Goldwater und Waterproof European Incorporated beherrschen die Machtblöcke der Welt. Die Neue Republik Amerika und die Vereinigten Staaten von Europa führen einen erbitterten Krieg um die Wasservorräte der Erde.

In ihrer grenzenlosen Gier nach Wasser für die, auf zwölf Milliarden angewachsene, dürstende Bevölkerung, ziehen Sammlerschiffe der Konzerne unter Militärschutz in die Polargebiete, um dort Süßwasser aus dem Eis zu gewinnen.

Eine kleine Gruppe Freiheitskämpfer hat sich unter Skylas Führung zu den Eispiraten zusammengeschlossen. Gemeinsam mit Komodo, ihrer ersten Hand, bekämpfen sie mit modernster Technik den Raubbau in der Antarktis.

Das Jahr 2060.
Der Krieg hat Einzug in die Antarktis gehalten. Skyla und Komodo kämpfen für die Eispiraten im Namen der Umwelt, der Tiere und der freien KI gegen die Tyrannei der Großmächte.

Kira Hanuffson findet sich als Überlebende im Strudel der Ereignisse gefangen, nachdem die Flotte der Vereinigten Staaten von Europa zerstört wurde.
Skrupellose Machtmenschen, für die Leben und Umwelt nur Spielmarken sind, lenken die Ereignisse.

Nun ist es an der Zeit, für die Eispiraten, von einer kleinen Gruppe Widerstandskämpfer zu einem global Player heranzuwachsen und den Lauf der Welt zu beeinflussen. Skyla, Komodo, Kira und Hagelstolz prägen die Geschehnisse, mit unabsehbaren Folgen für die Welt.

Die Lage spitzt sich zu, als die Amerikaner weltraumgestützte Massenvernichtungswaffen einsetzen. Skyla kann dem gewaltigen Angriff nur mit knapper Not entkommen. Schwer verletzt und von ihren Mitstreitern getrennt, kämpft sie sich durch Kälte und heftige Schneestürme, um die letzte Bastion der Eispiraten, die Wostok-Station, zu erreichen.

Die überlebenden europäischen Soldaten sehen keine andere Möglichkeit, als mit den ebenfalls stark dezimierten Eispiraten zusammenzuarbeiten, um der immer weiter wachsenden Übermacht der Amerikaner standzuhalten.

In Groß-China entschließt man sich unterdessen, einen ganz anderen Weg zu gehen, um der Wasserknappheit Herr zu werden. Mittels des erneuerten Raumfahrtprogramms werden mutige junge Leute auf eine Reise zu den Asteroiden geschickt, um dort Eis abzubauen.

Der Kampf der Eispiraten um Skyla gegen die beiden größten Machtblöcke der Welt eskaliert. Die NRA setzt im Krieg auf hochwertige künstliche Intelligenzen und marschiert in der Antarktis ein. Gleichzeitig erreicht die Angriffsflotte der VSE den Evakuierungspunkt an der Eiskante zur Davis-See. Skyla zieht sich angeschlagen zurück, doch pausenlose Attacken zehren an ihr und ihren Gefährten. Schließlich stehen ihre Begleiter aus Europa vor einer schweren Entscheidung.

Der General der Space Force, John Nimiz, schreitet unterdessen in einem unbekannten Land einer ungewissen Zukunft entgegen. Das Raumfahrtprogramm der Chinesen könnte Groß-China eine neue Perspektive eröffnen.
In der NRA formiert sich mit der, vom Fanatiker Leo Henricus geführten, Anti-KI-Association of America eine gefährliche neue Kraft. Langsam rücken die Spieler auf dem globalen Schachbrett Erde ihre Figuren und nach der Eröffnung folgt das Mittelspiel.
Die Risiken steigen, doch der potentielle Gewinn relativiert Menschen-, Tier-, und KI-Leben.

Die Wostok-Basis ist gefallen! Skyla und Ihre Mitstreiter befinden sich im verzweifelten Rückzugsgefecht mit den Kräften der amerikanischen Armee. Im Kampfgetümmel gibt es nur eine Richtung: Nach Vorne! Das hohe Kopfgeld auf Skyla sorgt dafür, dass sich die Soldaten mit Todesverachtung in den Kampf werfen. Auch etliche zwielichtige Gestalten sammeln sich, um den hohen Preis zu erringen. Wird die Flucht trotz der gnadenlosen Jagd gelingen?

In der gesamten NRA kam es nach dem Bekanntwerden der Kopfgeldprämie zu tumultartigen Szenen, in denen fortgeschrittene KIs gefangen, beschlagnahmt und zerstört wurden. Der stete Zulauf, den seine Bewegung nach der Ansprache des Präsidenten erfuhr, sowie der Überschwang an Maschinen, die seine Gläubigen für das Büßerfest lieferten, erfüllten Prediger Henricus mit Zufriedenheit. Bald wäre seine Glaubensgemeinschaft zahlreich genug, um weitreichende Veränderungen im Land durchzusetzen. Und mit der Unterstützung des Präsidenten waren die KIs dem Untergang geweiht.

A.Tupolewa ist eine autistische Autorin aus Dresden. 1981 geboren, brachte sie sich mit vier Jahren selbst das Lesen bei und verschlang von da an ein Buch nach dem anderen. Später erwachte der Wunsch, selbst zu schreiben, um der Welt zu zeigen, dass Autisten nicht nur Biographien verfassen können. Sie hat inzwischen mehrere Kurzgeschichten, unter anderem „Der letzte Flug der Menschheit" bei dem Shadodex-Verlag, veröffentlicht. Zu ihren Hobbys zählen neben dem Schreiben russische Flugzeuge, Tiere und das Sammeln von Figuren. Tupolewa lebt mit einer Katze und mehreren Meerschweinchen in Dresden.

Bastian J. Kurz liebt das Lesen und das Schreiben. In ihm brannte schon immer der Wunsch Schriftsteller zu werden. Also tat er, was er für das Beste hielt. Er las so viel er konnte. Bald gelang es ihm mehr und mehr, das was er Fantastisches im Kopf hatte, auch zu Papier zu bringen. Bastian ist Geschichtenerzähler. Früher wäre er von Dorf zu Dorf gewandert und hätte, für so manch guten Schluck, von fernen Ländern und überstandenen Gefahren berichtet. Er lebt in der Nähe von Würzburg und widmet sich jeden Tag seiner Leidenschaft: Dem Schreiben. Zu seinen sonstigen Interessen gehören Pen&Paper RPGs, MMORPGs, sowie Grafikbearbeitung und Papa sein.